水浒例话

王力平◎著

河北出版传媒集团

花山文艺出版社

河北·石家庄

图书在版编目（CIP）数据

水浒例话 / 王力平著. 一石家庄：花山文艺出版社，2021.1
ISBN 978-7-5511-5414-7

Ⅰ.①水… Ⅱ.①王… Ⅲ.①水浒研究 Ⅳ.①I207.412

中国版本图书馆CIP数据核字(2020)第231234号

书　　名：**水浒例话**
Shuihu Lihua

著　　者：王力平

责任编辑：李倩迪
责任校对：李　伟
装帧设计：王爱芹
美术编辑：胡彤亮
出版发行：花山文艺出版社（邮政编码：050061）
　　　　　（河北省石家庄市友谊北大街330号）

销售热线：0311-88643221
传　　真：0311-88643234
印　　刷：河北亿源印刷有限公司
经　　销：新华书店
开　　本：880mm×1230mm　1 / 32
印　　张：6.5
字　　数：120千字
版　　次：2021年1月第1版
　　　　　2021年1月第1次印刷
书　　号：ISBN 978-7-5511-5414-7
定　　价：25.00元

呼唤"在场"的文学批评（代序）

一、两种不同的文学研究

在文学领域有两种不同的文学研究。一种是把一个特定的、独立的文学现象（作家、作品，文学思潮、流派等等）作为静态的研究对象，研究的目的是"知其然""知其所以然"，回答"是什么"和"为什么"的问题。

完成这样的研究，对象的"静态"特征、对象的稳定性十分重要。在这种研究中，首先，对象最好是"完成时态"，以减少变化的可能；其次，对象应具"原典性"，以减少"阐释"可能带来的歧义。所以，观察学科齐备的高校中文系可以发现，古典文学研究地位最高，现代文学研究次之，当代文学研究又次之。在古典文学研究中，先秦文学地位最高，两汉魏晋唐宋次之，元明清又次之。

还有另一种文学研究，同样要完成"知其然""知其所以然"的任务，回答"是什么"和"为什么"的问题。

但不同的是，研究并没有到此为止。进一步的任务是，将这个"然"与"所以然"、"是什么"和"为什么"归在一起，名之曰"实然"，之后还要继续回答，或者至少还要继续提出"或然"与"应然"的问题。

显然，在这种研究中，对象不是"静态"的，而是动态的、发展的、变化的。从根本上说，这种研究不承认自己面对的文学现象是已然完成的、静态的和不可改变的，它坚持把对象放在社会历史和社会审美意识发展的过程中去考察。它关心如何认知一个"点"，如何感知和展开这个"点"所具有的内在的丰富性；同时，它也关心这个"点"在社会历史和社会审美意识背景下，或然与必然的运动轨迹。

如果说，前一种研究具有"学术性"，后一种研究则不仅是学术性的，同时还具有实践性的品质。换言之，这种研究的任务，不仅在于如何解释面前的文学世界，还在于如何改造这个世界，如何为当代文学的发展开辟道路。这种研究是进入到文学创作现场的、具有"现场"意识的研究，是具有较强实践性的学术活动。只是在习惯上，我们将前一种研究称作"学术活动"，而把后一种研究称作"批评活动"。

二、为创作开辟道路的理论批评

回顾文学史，那些进入到文学现场的、具有强烈实践品质的思想理论和文学评论，总是不断地为文学创作开辟着道路。

儒学发展到汉末，演化成以"三纲五常"为主要内容的"纲常名教"，烦琐腐朽，禁锢思想，欲求一丝活力而不得。在这样一种社会和文化背景下，魏晋玄学应运而生。"有""无"之辩，是魏晋玄学的基本论题。围绕这一论题，形成了"贵无""崇有""独化"等不同的思想立场和理论主张。王弼呼应何晏，主张"贵无"，引入"自然"的理念，接通了儒学与老子，进而与庄子思想的联系，在汉末"纲常名教"的酸腐氤氲中，成为一股清流。与此同时，在圣人"有情"与"无情"的辨析中，王弼没有盲从何晏"圣人无情"的主张，力倡"圣人有情"，表现出清醒、自觉的历史感。

一个"自然"，一个"情感"，有了这两个理论支点，魏晋名士们才撬动了地球：人在"纲常名教"面前，才获得了建构独立人格的自由；面对山水，才有了亲切自如的感觉和审美的态度，从而为文学的自觉，为山水诗、山水画创作的繁荣，开辟了广阔的道路。

在现代文学发展中，理论批评的"在场"，发挥着重要的基石作用。中国新文学的主潮，从诞生的第一天起，就不是对于大众阅读需求的温顺回应，不是为了满足流行趣味而生产的文化消费品。中国新文学是由一群思想先驱发起的，以科学、民主为旗帜，以中国社会现代化转型为目标，以实现国民思想启蒙、文化批判、审美教育和政治动员为己任的文学创作。而要真正担起这一责任，实现这一目标，中国新文学又必须是"大众化"的。这是相互矛盾又相互依存的两个方面，构成了中国新文学发展的"二重性"。中国现代文学史上的许多重大问题，都可以从新文学的这种"二重性"中得到说明。

乡土文学是新文学发展的重要收获。乡土文学的理论倡导和创作实践，一方面是新文学获得"土气息""泥滋味"，实现"大众化"的努力；另一方面，它又是基于现代性视野的乡土忧思和批判，是站在现代性高地上，对中国乡土现实的审美发现、文学想象和形象描写。

在乡土文学的发展过程中，理论批评的"在场"，表现为五四先驱胡适、陈独秀、李大钊对于"新文学"的鼓吹；表现为周作人对于"平民文学"，对于地方色彩、民俗风情的倡导；表现为茅盾对于"农民小说""农村小说"的理论思考；更表现为鲁迅对于"乡土文学"的批评阐释。

显然，理论批评的"在场"，不仅为乡土文学的发展开辟了道路，并且进一步将忧思、启蒙与批判的主题确立为乡土文学的核心价值。新时期以来，虽有"重写文学史"的努力且不乏实绩，但终不能撼动其地位，就因为此一文学主题实乃新文学的主题、时代的主题。

三、呼唤"在场"的文学理论批评

多年来，基于重建文学审美价值的内在需求，也由于解构主义理论和"新批评"思潮的影响，倡导"细读"，主张"回到文本"，已成为文学批评的自觉意识。其实，如果不考虑"回到文本"背后的哲学理论背景，对于语言、文本的自觉，中国文学是在魏晋时代完成的。在音律声韵方面，具有代表性的是沈约的"四声八病"理论，它对于五言诗向格律诗的过渡和发展，是一个重要的贡献。语言形式对于诗、词、曲的演变所具有的意义不去谈了。在发生和发展更为晚近的小说研究中，李卓吾评点《西游记》、毛宗岗评点《三国演义》、金圣叹评点《水浒传》、张竹坡评点《金瓶梅》、脂砚斋评点《红楼梦》，都是基于作品文本的小说叙事研究。

不过，说这些不是为了证明"从前阔"。是想说这种自觉意识，可能会遮蔽问题的另一个方面，即"回到文本"的努力，日益演化为"囿于文本"的局限。事实上，真正的文学批评，应该是"回到文本"，但不"囿于文本"。囿于文本的批评和脱离文本的批评一样糟糕。

鲁迅在谈到文学批评时曾说："批评必须坏处说坏，好处说好，才于作者有益。"鲁迅说的是家常话，但其中的含义是清晰真切的。

一是"坏处说坏，好处说好"。这句话涉及批评的态度，也涉及批评的品质。"坏处说坏，好处说好"，存善意，说真话。不"捧杀"也不"棒杀"，这是批评的态度。所谓"品质"，是指批评的学术品质。无论是说"好"还是说"坏"，总要说到肯綮处，说出"好"在何处、"坏"在何处，有科学的分析和准确的判断，而不是隔靴搔痒，言不及义。

二是"于作者有益"。所谓"于作者有益"，实质是于作者的创作有益。所以，这个"作者"，可以是具体作品的写作者，也可以是更广泛的当代文学创作实践。换言之，就是批评要介入创作实践，于作者、于创作有益。这意味着，一个负责任的批评家，不会割裂作品与时代、与社会生活的联系，也不会把"作者已死"奉为圭臬。

把"批评"置于社会生活和当代文学创作实践的双重背景下，在"写什么"和"怎么写"的不同领域，与创作构成"对话"关系；进而与创作一起，与社会生活、与以人的全面发展为目的的历史实践构成审美的"对话"关系。这是我所期待的文学批评的"在场"。

目　　录

去了"毛傍"，添作"立人"

（第一回　王教头私走延安府　九纹龙大闹史家村）

　　《水浒传》是一部大书，讲述了一个情节曲折跌宕的故事，也刻画了众多栩栩如生的人物，单是参加了"排座次"的梁山好汉，就有一百单八将。

　　但在这部大书的第一回"王教头私走延安府　九纹龙大闹史家村"中，在一百单八将出场前，首先出场的，却是一个京城地痞，一个姓高、行二，人称"高二"的"浮浪破落户子弟"。这位"高二"因为气毬踢得好，人们又称他高毬。高毬因为踢气毬结识了端王，鸡犬升天，从此发迹。混得有头有脸了，遂将那个"毬"字"去了'毛傍'，添作'立人'"（傍，通"旁"），改成姓高、名俅。

　　一百单八将登台亮相前，先写高俅发迹，对这种结构布局方式，明代文学批评家金圣叹曾有精辟分析：

　　"一部大书七十回，将写一百八人也，乃开书未写一百八人，而先写高俅者，盖不写高俅，便写一百八人，则是乱自下生；不写一百八人，先写高俅，则是乱自上作也。"

乱自上作，官逼民反。这是《水浒传》作者在小说中流露出的思想倾向性之一，也是奠定《水浒传》文学史地位的思想价值所在。

一部文学作品，要表达作者的思想倾向性，这是天经地义的事情。特别是长篇小说，社会历史容量巨大，思想倾向性更是鲜明而强烈。但这只是问题的一个方面，问题的另一个方面是，在优秀的文学作品中，思想倾向的表达，必须以艺术的方式来完成。换句话说，这种倾向性不能由作者说出来，而要从小说的人物关系、故事情节、细节和场面中自然而然地流露出来。

在文学作品中自然而然地流露出思想倾向，有多种多样的方法。

《水浒传》开篇先写高俅，然后再写一百单八将，是通过小说宏大的结构关系来表达作家的思想倾向。此外，作家的思想倾向还可以通过具体的细节、场面，甚至通过遣词造句的不同色彩来表达。

比如，《水浒传》作者特意解说高俅的"俅"字来历，乃是"气毬"的"毬"字，"去了'毛傍'，添作'立人'"。依汉字造字规律来看，"毛"字偏旁的汉字，其字义大都与禽兽皮毛相关。"去了'毛傍'，添作'立人'"，暗含着将高俅归入"禽兽"一类的意思，他后来成了"人物"，不过是"添"了一张人皮。

　　成功的艺术作品，不是没有思想倾向，更不是排斥倾向性的表达，而是让倾向性在作品的情节结构、细节和语言中，自然而然地流露出来。如同盐溶于水中，看不见，摸不到，却可以品出它的滋味。

我有个医心疼的方

（第一回　王教头私走延安府　九纹龙大闹史家村）

　　东京八十万禁军教头王进，为躲避高俅的报复陷害，带着老娘弃家逃离了东京，投奔镇守边庭的延安老种经略相公处从军谋生。插句题外话，老种经略相公，是指北宋著名将领种谔，因为他的儿子种师道也在西北担任经略安抚使，故而称种谔为老种经略相公，称种师道为小种经略相公。

　　王进投奔老种经略相公，途中曾在史家村借宿一夜。借宿并不重要，重要的是通过王进母子借宿史家村，引出了史进这个人物。其实，引史进出场，原不必如此大费周章，所以要精心铺垫，是要让史进拜王进为师，要王进收史进为徒。于是，所谓引史进出场，就变得说易极易，说难很难。

　　先说"易"。王进母子当夜借宿在史家村，第二天清早，王进来后院马槽牵马，看到了正在后院练武的史进。引出史进这个人物，何其容易？

　　再说"难"。引史进出场不难，难在史进出场后，如何在三言两语之间，让史进情愿拜王进为师，让王进情愿收史进为徒。

拜师、收徒两件事中，又以史进拜师易，王进收徒难。拜师易，易在史进爱习枪棒，拜八十万禁军教头为师，是一件巴不得的好事。收徒难，难在此时王进正在避祸逃亡途中，不愿张扬自己的身份。况且，史家村对王进母子只有借宿一夜之恩，也不足以让王进把一身武功传授给史进。而没有王进收史进为徒，就难以既简洁又令人信服地写出九纹龙史进的武艺高强，从而为他降伏少华山头领陈达作必要的铺垫。

作者必须给出一个理由，使王进收史进为徒成为水到渠成，成为义不容辞。

于是，作者笔锋一转，去在王进的孝心上做文章。王进母子借宿史家村之夜，老母亲犯了心疼病。而史太公恰好"有个医心疼的方"，随即派了庄客去县上抓药，回来为王进的母亲治病。

如果说借宿一夜之恩，不足以让王进把一身武艺传授给史进，那么，对于孝子王进来说，当史太公为母亲治愈了心疼病以后，收徒传艺便是水到渠成、义不容辞的事情了。

王进的母亲犯了心疼病，史太公恰好有个医治心疼病的药方，这在小说中，属于招之即来、挥之即去的一次性情节因素。前无铺垫，后无照应。

对这类情节要素，完全不敢采用，则小说文气不免局促；用得太多，则可能降低情节的可信程度。偶尔用之，还需不悖于人之常情、物之常理，力求虽在故事情节中无根，却在人物性格、生活情理中有据。

姓鲁，讳个达字

（第二回　史大郎夜走华阴县　鲁提辖拳打镇关西）

"洒家是经略府提辖，姓鲁，讳个达字。"这句话是鲁智深初次出场时，对史进做的自我介绍。但我们从中得知的，却不仅仅是他的姓名和官职，体会一下这句话的语气和用字，便可领会人物丰富的心理活动和性格特征。所以，我更愿意把这句自我介绍看作是对鲁智深人物性格的白描。

鲁达在小种经略府中做个提辖，官儿虽不大，但在渭州城里，也算个头面人物了。平日要在茶楼酒肆里赊账，店主人总是满口应道："提辖只顾自去，但吃不妨，只怕提辖不来赊。"有了这份敬重，人们说到鲁达时，自然不会直呼其名，而是称"提辖"。

中国古代有"名讳"文化，规定对君亲、对尊者长者不可直呼其名，书写中遇到君亲尊长的名字时，须以改字、改音或减少笔画的方式回避，称作"避名讳"。比如司马迁在《史记》中，为避汉文帝刘恒的名讳，将"恒山"写作"常山"。这种"名讳"文化，表达了对君亲尊长的敬重，同时也包含着贵贱尊卑等级制度的森严，发展到极端，便是专制强权的骄纵与霸道。陆游在《老学庵笔记》中记载了一个故事：有一个名叫田登的州官，不准治下百姓称呼和书写他的名字。到了正月十五放花灯的时候，因为"登""灯"同音，写告示的书吏不敢写"灯"字，便改写成"本州依例放火三日"。俗语"只许州官放火，不许百姓点灯"就由此得来。

鲁达虽是个粗人，但对"名讳"文化中所包含的敬重是明了且欣然领受的。只是，鲁达知其一不知其二。人在自我介绍时，依次报出姓、名、字、号即可，并不在名前加这个"讳"字。一来，如果深究字义，一个人的名，生前曰"名"，死后曰"讳"。没有哪个大活人自我介绍时，会在自己的名字前加个"讳"字。二来，同辈朋友初次见面，直白地说自己"讳个达字"，这是要告诉人家自己的姓名，还是要人家时时记得避讳"达"字？三来，"名讳"的规则，用于君亲尊长，并不用于同辈朋友。史进可以尊一声"提辖"，直呼"鲁达"也并非失礼。这样看来，鲁达得意的是人们给予他的那份敬重，至于"名讳"文化里的那些繁文缛节、敬辞谦辞，鲁达是弄不明白也懒得去弄明白的。

错用一个"讳"字，固然是鲁达无知，但粗人鲁达对名字的讳与不讳其实并不十分在意。所以，大咧咧地脱口而出一句"姓鲁，讳个达字"，其中有受人敬重的得意，也有武夫粗人的率真。话虽错了，却错得有几分可爱。若是中规中矩地说一句"姓鲁，名达"，反倒觉得寡淡无味，没啥意趣了。

对这种复杂微妙的人物心理状态和性格特征，若以第三人称视角去铺陈、描绘和剖析，几乎是不可能的，即使作者勉强为之，也难免失之琐碎。中国古典文学不喜欢滔滔不绝地描写人物心理，但善于借助人物语言、行为，以白描手法刻画人物心理。施耐庵能以一言当十言、百言，我想并非是他灵机一动，妙手偶得；但也未必是几经删改，匠心独运。更能让人信服的原因，是他凭借着自己对"这一个"人物的熟悉，从人物性格出发，设身处地，为人物代言。正如清代文艺理论家李渔所说："欲代此一人立言，先宜代此一人立心。"有心之言，才是有艺术价值的语言。

洒家去打死了那厮

（第二回　史大郎夜走华阴县　鲁提辖拳打镇关西）

　　在小说创作中，人物性格的塑造是十分重要的。在这里，要特别防止一个误区，不要把人物性格塑造，误以为单纯地渲染人物个性特征，孤立地展示一些个人脾气禀性和嗜好，譬如鲁莽、吝啬等等。在优秀小说中，作者不但要刻画人物的个性特征，还要展现人物之间的相互关系。离开特定的人物关系和环境的刻画，个性本身并没有什么特殊的意义，更不是小说创作的全部内容。只有把人物个性放在一定的人物关系中，写出人物个性在特定环境中的表现方式，个性才能放出光彩。

　　鲁达的性格特征是鲁莽。但鲁达这个人物受人喜爱并不是因为他鲁莽，而是因为在特定的环境中，他的鲁莽性格有了新的意义。

　　鲁达结识了史进、李忠，三人结伴来到潘家酒楼，鲁达吩咐酒保烫酒，"但是下口肉食，只顾将来，摆一桌子"。

三人一边吃酒，一边"说些闲话，较量些枪法"。正说得高兴，"只听得隔壁阁子里，有人哽哽咽咽啼哭"。隔壁阁子里哽哽咽咽的啼哭声，引出了在酒楼卖唱还债的金老和女儿翠莲，也把鲁达引入一段新的故事里。

金老、翠莲登场，鲁达问话。先问"那里人家？""为甚啼哭？"由女儿翠莲回答，再问"在那个客店里歇？"和"那个镇关西郑大官人，在那里住？"由父亲金老回答。四个问题，分作两问，分别由翠莲、金老先后作答。这个分配调度极具匠心。前一问涉及金老父女的家事，翠莲自是知晓也便于回答；后一问涉及市井街面上的事，金老回答更为妥当。当然，前一问金老也能回答。但那样一来，翠莲便没了说话的机会。须知翠莲虽是女儿家，但既在酒楼唱曲，便不会羞于在生人面前说话。反过来说，后一问翠莲未必就答不出，但若是翠莲答出"状元桥下卖肉的郑屠。绰号镇关西"，就会浮现一个泼辣女子形象，这应当不是那个被欺辱的翠莲。这就是人物性格特征，就是特定环境、特定人物关系中的人物个性。

鲁达与金老父女素不相识，与郑屠也没有个人恩怨，郑屠与金老父女的矛盾冲突原本与鲁达无关。但鲁达听了金老父女的哭诉，呸了一声说道："俺只道那个郑大官人，却原来是杀猪的郑屠！"回头看着李忠、史进道，"你两个且在这里，等洒家去打死了那厮便来！"

"等洒家去打死了那厮便来！"这个想法固然是鲁达鲁

莽性格的表现，但因为这个想法，鲁达从一个局外人，一下子跳到了矛盾冲突的旋涡中。在这个特定的人物关系中，他的鲁莽才表现为不计个人得失的路见不平、拔刀相助。鲁莽成了一种惹人喜爱的美德。去打死镇关西的想法，当时被人劝住了，次日却终于按捺不住，演出了拳打镇关西一场好戏。

中国古代文体中有笔记一类，记录人物言谈举止、性情爱好以及趣闻逸事。近人起而仿效，一时笔记小说蔚成风气。其实，笔记和笔记小说有许多区别。其中之一，就是笔记可以只记性格特征，而不写性格养成和存在的环境，因而在笔记中，性格的意义是不确定的，或者说是蒙昧不明的。而小说则不同，它不仅要写出人物的性格特征，而且要写出这种性格养成和存在的环境，写出由这一性格所决定的语言行为与周围人和事的相互关系，在特定的环境中，阐明人物性格的意义。如果只满足于记录人物怪诞言行、地方奇风异俗，则是难以望小说艺术之项背的。

坐了两个时辰

（第二回　史大郎夜走华阴县　鲁提辖拳打镇关西）

　　金老父女得了鲁达十五两赠金，回到安身歇脚的客店，安顿好女儿之后，细心打理了几件事："先去城外远处，觅下一辆车儿，回来收拾了行李，还了房宿钱，算清了柴米钱"，为了摆脱镇关西，远走高飞，金老缜密细致地做好了一切准备。心思缜密的金老当然知道，他们是被店家监视居住的，所以，料理完这些细碎琐事之后，他父女二人并不能连夜离去，只能等，"等来日天明"，等鲁提辖来"发付"。

　　天色微明，鲁达如约而至。见到金老，全然不理会他"里面请坐"的礼让，大咧咧地说道："坐甚么？你去便去，等甚么！"金老父女等了一夜，等的就是这句话。看见"金老引了女儿，挑了担儿，作谢提辖，便待出门"，正如金老、鲁达所料，店家出面阻拦了。文章写到这里，写的就是"缜密"二字，谋事缜密。若非谋事缜密，诸事已了，金老父女何须静待"来日天明"？若非谋事缜密，鲁提辖何须亲来客店"发付"？

鲁提辖一拳一掌，用自己满是鲁莽气的方式，破了店家阻拦，放走了金老父女。但对"缜密"的书写刻画并没有停下。不仅是没有停下，更进一步在"缜密"中写"鲁莽"，在"鲁莽"中写"缜密"。

"且说鲁达寻思，恐怕店小二赶去拦截他，且向店里掇条凳子，坐了两个时辰"，鲁达虽鲁莽，常有细心思。鲁达的细心思，在于他想到了自己离开后，店小二可能会追赶拦截金老父女。但这种"细心思"直接引发的行为，却是从店里掇出条凳子，坐了两个时辰，死死地盯住店家，盯住那个店小二。心思细密，做派却是粗线条的，带着他特有的那种鲁莽气。

这种"细心思"描写不止一处。当镇关西被打得"面皮渐渐的变了"时，作者又写了鲁达的一段细心思："俺只指望痛打这厮一顿，不想三拳真个打死了他，洒家须吃官司，又没人送饭"。把这样一段细心思和那不顾一切、痛快淋漓的三拳痛打放在一起，显然是不协调的。但是，再看这一段细心思所引起的行为，不是设法救治镇关西，却是"一头骂，一头大踏步去了"。与那不顾一切、痛快淋漓的三拳相比较，恰恰又是和谐、统一的。

如果这些"细心思"引发的行为，不能体现出鲁达身上那种压倒一切的威慑力量，不带有鲁达所特有的那种鲁莽气，换句话说，行动和心理的矛盾不能重新获得统一，那么，这种"细心思"就不是鲁达的细心思了。

写出人物性格的多面性，是许多作家孜孜以求的艺术境界。但是，人物性格的多面性，不是把五颜六色机械地拼凑在一起，不是生硬地给一个人物安上一些互不相干的脾气、嗜好，而是要展示人物性格中的矛盾和统一。正像黑格尔所说的那样："如果一个人不是这样本身整一的，他的复杂性格的种种不同的方面就会是一盘散沙，毫无意义。"

当然，就人物塑造而言，《水浒传》的人物塑造还基本属于英国作家福斯特所说的"扁平人物"。但显然，施耐庵已经窥见了人物性格丰富性的魅力，才以如此笔墨去写鲁达，由粗到细又归于粗，一变再变，摇曳多姿，却又合情入理，这样的人物形象才是生动的、真实的。

洒家特地要消遣你

（第二回　史大郎夜走华阴县　鲁提辖拳打镇关西）

　　"鲁提辖拳打镇关西"一节，是一段脍炙人口的漂亮文字。对这篇漂亮文字，用得上鲁提辖对郑屠说的一句话："洒家特地要消遣你"。这段描写确有许多可资"消遣"的地方，换句话说，确有许多耐人寻味的地方。

　　小说要好看，要让人爱读，当然离不开曲折的故事情节。但仅就情节而言，单纯注重情节的曲折性，还不是故事情节全部的美，还不能算是把握了情节结构的真谛。就像旅行并不是沿着曲曲折折的路线匆忙赶路一样，作家也不能被情节——即使是曲折发展的情节链条牵着鼻子，匆匆奔向故事的结局。也就是说，在优秀的作家笔下，不仅要有情节的曲折性，还要有情节的趣味性。

　　鲁提辖来到郑屠肉铺前，并不提起金老父女的事情，只说要买肉，要十斤精肉剁成馅儿。读者是跟着鲁达从客店来的，自然明白鲁提辖不是来买肉馅儿，而是要寻衅找碴儿。有趣的是，郑屠虽不知道鲁达已经放走了金老父女，却和读者一样，明白这不是十斤肉馅儿的事儿。于是，郑屠变得乖巧，不仅亲自动手剁馅儿，且用荷叶精心包好，还主动表示要送到府上，这让鲁提辖无碴儿可寻，无机可乘。这时，如果作者写鲁提辖转而去找别的什么事由寻衅，那么，我们得到的就是情节的曲折性。但作者偏偏不离不弃，就在"剁馅儿"上做文章。于是，一写鲁提辖要十斤精肉剁成馅儿之后，再写鲁提辖要十斤肥肉剁成馅儿，三写鲁提辖要十斤软骨剁成馅儿。一个"剁馅儿"，三次寻衅，构成了一种排比关系。于是，我们就得到了情节的趣味性。

三次"剁馅儿"是"消遣"，三拳痛打也是"消遣"。

鲁提辖三拳打死镇关西。第一拳乃蓄势而发，发一声叱问："你如何强骗了金翠莲！"显见是为了金老父女。再打第二拳，是因为郑屠嘴硬，挨了打，嘴里还大叫"打得好！"。又打第三拳，却是因为郑屠讨饶。这两拳和金老父女无关，却有各自不同、截然相反的理由。如果不同的理由导致情节发展的不同方向，我们得到的就是情节的曲折性。但在作者笔下，鲁达是软硬不吃，嘴硬要打第二拳，讨饶要打第三拳，两个相反的出拳理由，构成了一种对应关系，我们因此又得到了情节的趣味性。

鲁提辖先后打出三拳，如果作者随着这三拳，依次写出郑屠从轻伤、重创到毙命的不同情状和过程，那么，我们看到的就是情节的曲折性。然而作者却是借嗅觉形象描写鼻子上的第一拳，借视觉形象描写眼眶上的第二拳，借听觉形象描写太阳穴上的第三拳。三拳的描写构成了一种排比更兼对应的关系，我们再次看到了情节的趣味性。

好的小说所以百读不厌，一个重要原因是它内容丰富。但内容丰富并不等于就是情节复杂、人物众多。让人物呈现出更多的性格侧面；让情节不仅曲折，并且有趣；让每一种艺术要素包含更多的审美价值，才是"内容丰富"的最重要的特征。

三拳真个打死了他

（第二回　史大郎夜走华阴县　鲁提辖拳打镇关西）

说完了"鲁提辖拳打镇关西"情节描写的趣味性之后，还觉得意犹未尽。在这段描写中，不仅有情节描写的趣味性、人物性格的生动性，还可以从中体味小说语言的音乐性魅力。

文学是语言的艺术。作为语言艺术的一个审美特征，语言音乐性源自语音。汉语四声和不同韵部在声调、音色和韵律上的差异，以及句型长短所造成的不同语感节奏，是语言音乐性得以生成的物质基础。把这些彼此不同的语言声韵节奏因素组织起来，使它们适应于作家所要表达的情感节奏和感情色彩，就产生了文学语言的音乐性。

在诗词歌赋作品中，语言的音乐性有着举足轻重的作用。相对而言，也更易于理解。只要在心里默诵体味一下骈文四六句的回旋复沓，诗词平仄粘对的抑扬顿挫，就能感受到文学语言音乐性的美妙。

而事实上，并不是只有在韵文中，才可以感受到语言音乐性的魅力。小说家老舍曾经说过："我们若要传达悲情，我们就须选择些色彩不太强烈的字，声音不太响亮的字，造成稍长的句子，使大家读了，因语调的缓慢，文字的暗淡而感到悲哀。"老舍先生所说的，就是叙事性散文作品中语言的音乐性魅力。

　　在《水浒传》中，鲁提辖拳打镇关西的描写，恰恰可以和老舍先生的话相印证。

　　小说这样描写第一拳："扑的只一拳，正打在鼻子上，打得鲜血迸流，鼻子歪在半边，却便似开了个油酱铺，咸的、酸的、辣的，一发都滚出来。"

　　对第二拳的描写是："提起拳头来，就眼眶际眉稍只一拳，打得眼稜缝裂，乌珠迸出，也似开了个彩帛铺的，红的、黑的、紫的，都绽将出来。"

　　第三拳则是："又只一拳，太阳上正着，却似做了一个全堂水陆的道场，磬儿、钹儿、铙儿，一齐响。"

　　这些句子句型短小，轻快流畅。特别是"咸的、酸的、辣的""红的、黑的、紫的""磬儿、钹儿、铙儿"，这些词尾相同或相近的短语连续排列，加强了语调的跳跃和回旋，语音的节奏韵律恰与鲁提辖身手动作的干净、麻利、洒脱相协调，同时又显示着作者赞赏、欢愉的情感评价。

　　明代戏剧理论家王骥德在《曲律·杂论第三十九上》中

曾探讨不同韵部的音色差异及其对应的情绪色彩，如"东钟之洪，江阳、皆来、萧豪之响；歌戈、家麻之和""寒山、桓欢、先天之雅，庚青之清，尤侯之幽""齐微之弱，鱼模之混，真文之缓""支思之萎而不振"等等。这种基于个人心理感受的区分归类，当然不可胶柱鼓瑟，却也揭示了声韵音色对于传情达意的更多的可能性。因而清人刘熙载主张，不同的声韵选择，"须审其高下，疾徐，欢愉，悲戚，某韵毕竟是何神理，庶度曲时情韵不相乖谬"。

"情韵不相乖谬"，刘熙载的话点到了肯綮处。文学语言的音乐性，存在于作家感情色彩和情感节奏与语言声韵因素的统一之中，从作家情感经验的角度看，它是作家具体的情感节奏在语言中的物化形式；从语言声韵因素的角度看，它是语言声韵因素在具体创作过程中的合目的的运用。

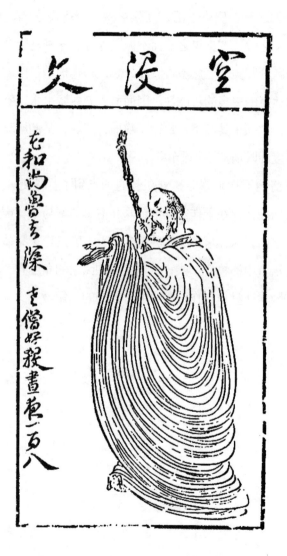

空没矢

右和尚嘗言深
玄僧好殺畫蒼
一頁八

不觉搅了四五个月

（第三回　赵员外重修文殊院　鲁智深大闹五台山）

　　因为路见不平，拔刀相助，鲁提辖三拳打死了镇关西。想着"须吃官司，又没人送饭"，于是，"提了一条齐眉短棒，奔出南门，一道烟走了"。

　　鲁达负案逃离渭州，"心慌抢路，正不知投那里去的是"。同样，小说写到这里，也到了"拳打镇关西"和"大闹五台山"两段大情节的过渡处。

　　小说第三回，有这样两段话写鲁达。

　　一段是鲁达逃亡来到雁门县，再遇金老父女、结识赵员外之后。书中写道："鲁达自此之后，在这赵员外庄上住了五七日。忽一日，两个正在书院里闲坐说话……"

　　另一段是鲁达在五台山出家之后。书中写道："鲁智深在五台山寺中，不觉搅了四五个月。时遇初冬天气，智深久静思动。"

　　这两段话都是过渡性文字，在小说中的作用，无非是承上启下。但作者一处写"住了五七日"，另一处则写"搅了四五个月"。"五七日"与"四五个月"是时间长短的差异，无须多说。一个"住"字，一个"搅"字，却是各有意味，值得分别拈出，细细品味。

鲁达在赵员外庄上"住"了五七日，这是由他的性格和"救命恩人"的身份所决定的。我们知道，鲁提辖很享受别人对他恭而敬之，旁人越是恭敬有加，他自己越是矜持自重。当他以金老父女"救命恩人"的身份出现在七宝村时，这种性格和心理特征便突出表现出来。有了这个心理依据，就可以理解这样的场面：自己也承认是个"粗卤汉子"的鲁达，如今却和赵员外"在书院里闲坐说话"，俨然一副儒士风雅模样。可以想见，这五七日是端着架子、耐着性子"住"下来的。好在只是五七日，时日长了，鲁达必定是端不住的。

待到鲁达上山做了和尚，身份变了，无须再端"恩人"的架子，身心放松之后，那"粗卤汉子"的性格特点便自然而然地显露出来，用众和尚的话说，就是"好生无礼"。有了这一层变化，上山后的四五个月，用个"住"字去写，就不够准确了；又因为随后还有大"闹"五台山，相比之下，这四五个月的"好生无礼"，只当得个"搅"字。

人们常说，文学语言应该富于艺术表现力，主张在语言上要下一番炼字功夫。人们常常说起的例子，是贾岛在"鸟宿池边树，僧敲月下门"一句中，对"推"字更好，还是"敲"字为佳的取舍斟酌。传说贾岛痴迷于此，"神游象外，不知回避"，冲撞了京兆尹韩愈的车驾。而韩愈"立马久之"，帮他选定了"敲"字，且留下一段诗坛佳话。其实，单就一个字、一个词而言，无所谓哪个更富于表现力，或者哪个表现力不够。"诗眼"所以成为"诗眼"，要从"诗眼"与全诗境界的相互关系中去找原因。关键是看它是否准确，是否惟妙惟肖地传达此情此景。在《水浒传》中，"住"和"搅"都是富于表现力的，因为它们准确写出了鲁达在此一时和彼一时的不同情态。

另一点是同样有趣的。当读者饶有兴味地关注着鲁达"住了五七日"与"搅了四五个月"的不同情态时，作者不露声色地实现了小说情节的过渡和转换。

扑倒头便睡

（第三回　赵员外重修文殊院　鲁智深大闹五台山）

　　通过人物的行动或语言，间接地表现人物的心理活动和心理状态，是中国古典小说心理描写的常用手法，也可以说是中国传统小说心理描写的一个重要特点。

　　通过行动表现人物的心理，这是一个艺术手法，其实还可以说，这是现实生活中一个最为直观的经验，一个最为简单明了的常识。"喜形于色"也罢，"泰山崩于前而色不变"也罢，人的行动举止都有他的心理依据。在现实生活中，我们也能从人的行为举止包括言谈话语中，去一探其心理内容。反倒是那种假定一个无所不知的"全知视角"，将一个人隐秘的内心活动一一剖解开的心理描写，才是"超现实"的小说技法。

　　其实，在现实主义艺术中，这种从直观的现实经验中，抽象出小说结构形式和艺术手法的例子并不少见。毛宗岗在《读三国志法》中说，《三国演义》"有将雪见霰、将雨闻雷之妙""有浪后纹波、雨后霹雳之妙"。毛宗岗认为,"凡文之奇者,文前必有先声,文后亦必有余势"。鲁达在七宝村"住了五七日",可看作是"拳打镇关西"的"浪后纹波";在五台山"搅了四五个月",可看作是"大闹五台山"的"将雪见霰"。艺术就是如此简单吗?其实,真理从来都是简单的。同样,艺术从来都不在象牙塔中,而是在现实经验里。但它要求艺术家有一双发现美的眼睛。

回到以行动表现人物心理上来。

鲁达在五台山剃发受戒出家,长老赐了法号智深,山门外送走了赵员外,鲁智深"回到丛林选佛场中禅床上,扑倒头便睡"。这一个"扑倒头便睡",写出了鲁智深胸中无法排遣的烦闷。拳打镇关西之后,鲁智深并没有因此变成一个看破红尘的厌世者。对人世间的不平事,他更习惯一拳一脚地去铲平,出家做和尚实属迫不得已。他对梵钟佛号、坐禅吃斋没有丝毫的兴趣,却又必须时时约束自己。在这种去也不能够去,留也不情愿留的困境中,"扑倒头便睡",是他唯一可做的事情,也是他此时此刻内心世界最准确的表达方式。

我们赞赏这一笔人物心理的间接描写,并不是说在人物心理的直接描写和间接描写之间,存在着高低贵贱之分。事实上,在施耐庵写作《水浒传》的时代,在中国小说艺术发展的此一阶段,以第三人称视角展开直接的心理描写,还没有成为一种自觉的艺术手段,还没有获得长足的发展。所以,作者下笔之前，也未必在"间接描写"和"直接描写"之间做过比较。但是，在今天看来，对于此情此景中的鲁智深来说，间接的心理描写仍然要比直接的心理描写更准确，也更传神。试想，如果作者直接描写人物丰富、细腻、纠葛的心理活动，正面展开鲁智深内心中的烦闷、无聊和无奈，很可能给人一种多愁善感的印象。倘若如此，倒不如"扑倒头便睡"更准确、更传神，也更符合鲁智深的性格。

间接的心理描写往往是十分简洁的。但简洁不是简单。对于作者来说，选择人物的行为举止、言谈话语时，既要考虑到人物性格的规定性，又要考虑到具体情境的规定性；对于欣赏者来说，则需要细细品味，需要想象力，但同样要遵守人物性格和具体情境的规定性。

牧童拾得旧刀枪

（第三回　赵员外重修文殊院　鲁智深大闹五台山）

　　鲁智深在五台山削发受戒、出家为僧，身受戒律管束，自然不似往日在渭州做提辖时那般快活。如今的鲁智深，心情烦躁郁闷、满腹牢骚："俺往常好酒好肉，每日不离口，如今教洒家做了和尚，饿得干瘪了！"这一天，他坐在半山亭上寻思着，"这早晚怎地得些酒来吃也好"。英雄如鲁智深者，心中倒未必有许多"愁"字。但命运多舛，困于寺院，鲁智深心中却是淤积了很多很多的"闷"字。把鲁智深放在半山亭上思酒想肉，怀念往日快活时光，就是为了渲染刻画鲁智深的郁闷情怀。

　　正想喝酒，就有汉子挑着酒走上山来。

　　《圣经》里说："上帝说要有光，于是就有了光。"

　　俗话说，正想打瞌睡，就有人递过枕头来。

　　然而这种呼之即来、便于情节推进的"巧笔"，往往就是小说写作中江郎才尽、无计可施的"败笔"。

施耐庵当然懂得"巧笔"与"败笔"的关系。且看他是如何腾挪应对，化"即来"为"缓来"。

第一步，那个汉子挑酒上山了，但作者偏要把这个"酒"字略遮一遮，不急于写出来。施耐庵写道："远远地一个汉子，挑着一付担桶，唱上山来，上面盖着桶盖。那汉子手里拿着一个镟子。"这里没有酒，只有一个温酒的镟子。两桶酒变得若隐若现，若即若离，"犹抱琵琶半遮面"。

第二步，那个挑酒汉子唱着小曲上山来，但作者没有就汤下面，没让那汉子挑着酒唱"酒"，却让他唱了一段凭吊古战场的怀古情思：

> 九里山前作战场，牧童拾得旧刀枪。
> 顺风吹动乌江水，好似虞姬别霸王。

当然，这是有风险的。我们常说，人物语言要与人物身份相吻合。按这个道理，酒家不唱"酒"，岂不是失了酒家本色？当然，骚人墨客怀古，贩夫走卒未必就不能怀古。但仅凭这个理由，还不能完全化解风险。作家的功力在于，怀古之情，人皆能有，但表达方式却各有不同。品味挑酒汉子的歌谣，词意虽不离怀古之情，但语言通俗流畅，用词多俗语、水词、套话，不似骚人墨客笔法，正是民间小调特色。把握住不同人物各自不同的表达方式，所谓"风险"，便化解于无形了。还需补充一句，歌谣里虽没有明写"酒"字，却未必没有暗写。《史记》载，乌江虞姬别霸王时，"四面皆楚歌""项王则夜起，饮帐中"。那一夜少不得酒。

第三步，挑酒的汉子上山了，但作者偏把目光留在鲁智深身上，不急于把笔墨转向挑酒汉子桶里的酒。当然，这有难度。难点是如何才能落笔于挑酒汉子却避开酒，不写鲁智深而传情于鲁智深。

解决之道还是挑酒汉子的那支歌谣。歌谣是对英雄末路、豪情风光不再的感叹之辞，也恰恰是鲁智深睹今忆昔，郁闷牢骚情怀的写照。这段歌谣，落笔处是挑酒汉子唱小曲，着眼点却是鲁智深的郁闷情怀。于挑酒汉子是"实"笔"虚"写，于鲁智深则是"虚"笔"实"写。实处落笔，虚处传情，虚实相生。借挑酒汉子的口，唱鲁智深的情怀。

走完了这三步，挑酒汉子方才来到半山亭，在鲁智深面前"歇下担桶"。鲁智深道："兀那汉子，你那桶里甚么东西？"那汉子只答了两个字："好酒！"

岂不是要馋死个人也末哥！

只是不要捋虎须

（第四回　小霸王醉入销金帐　花和尚大闹桃花村）

　　大闹五台山之后，鲁智深无法在五台山文殊院安身，便去投奔东京大相国寺智清禅师。这一天，只顾"贪看山明水秀，不觉天色已晚"，便投宿在桃花村。

　　投宿在桃花村，鲁智深便得知：桃花村后有座桃花山，桃花山上有个山大王，山大王要强娶刘太公的女儿，当晚就要来庄上入赘，这让刘太公一家上下愁云锁眉。听了刘太公的话，鲁智深随即替自己揽下了这件闲事："洒家有个道理，教他回心转意，不要娶你女儿如何？"刘太公道："好却甚好，只是不要捋虎须。"

　　其实，"捋虎须"的不只是鲁智深，还有作者施耐庵。

　　前面有"拳打镇关西"，是鲁智深为金老父女打抱不平。此处再写"醉入销金帐"，再为刘太公父女打抱不平。在鲁智深一人身上，写两段情节如此相似的故事，显然是破常规、犯禁忌的做法。稍有不慎，落入雷同，即成败笔。真可谓是"捋虎须"。

当然，破常规是"捋虎须"，但"捋虎须"往往也是作家显露才华、展示功力的用武之地。所以，"虎须"不是不能"捋"，端的要看如何"捋"。通常来看，大家用笔，既善于守法，又敢于犯禁。守法不是墨守成规，犯禁也不是无视规律。"醉入销金帐"敢"捋虎须"，破了常规，但其中也自有规律可依，有门径可寻。概括起来说，一是在差异中写，二是写出差异。

先说在差异中写。"拳打镇关西"时，鲁达身为提辖，心高气盛，行为处事不曾受制于人。与镇关西虽素无交往也并无冤仇，但却了解他的底细。说要打他，自是稳操胜券。"醉入销金帐"的差异处在于，此时的鲁智深出家做了和尚，正吃着"管闲事"的苦头。初到桃花村，对桃花山这位山大王一无所知。虽然壮士气概，傲视群雄，但毕竟不是知己知彼。相比之下，人物的处境和地位已经发生变化。但是，"闲事"当前，鲁智深却一如当初，毫不犹豫地揽在身上。鲁智深还是当初的鲁达。从人物处境的差异性入手，去刻画人物性格，写出人物形象变化中的不变，在更深的层次展示人物的魅力，这或许就是作者执意要"捋虎须"的自信所在。

再说写出差异。从"拳打镇关西"，到"醉入销金帐"，两段情节的相似处显而易见，都是鲁达遇到强占民女的不平事，都是他主动揽在身上，出拳打抱不平。两段相似的情节一写再写，固然是"捋虎须"。个中肯綮，在于写出相似中的不似，相同中的不同。在施耐庵笔下，"拳打镇关西"是压着心头怒火去寻衅打架；"醉入销金帐"则是赤条条卧在销金帐里，满怀嬉戏心态，静候那位山大王前来。"拳打镇关西"是一场让人吐出一口恶气的正剧，"醉入销金帐"则是一场令人捧腹的喜剧。写出了相似情节中的不似，"醉入销金帐"同样是一篇好文章。

俗话说，文无定法。其实，这只是古人关于诗文创作"有法"与"无法"辩证思维的一个侧面。刘勰在《文心雕龙·总术》中说："思无定契，理有恒存。"国学大师黄季刚先生在《文心雕龙札记》中说："不知思无定契，则谓文有定格；不知理有恒存，则谓文可妄为。"可见，为文之道，不受"定格"束缚，并不意味着可以"妄为"。

拿了桌上金银酒器

（第四回　小霸王醉入销金帐　花和尚大闹桃花村）

桃花村里，鲁智深"拳头脚尖一起上"，打破了小霸王周通的桃花梦。经此一场拳打脚踢，鲁智深不只结识了小霸王周通，又与打虎将李忠重逢。不过，在桃花山小住了几日，鲁智深便觉察出"李忠、周通不是个慷慨之人"，遂决意告辞。

鲁智深辞别桃花山时，山寨头领李忠、周通自知该备些路费盘缠，为鲁智深送行。于是慷慨表示，明日下山打劫，"但得多少，尽送与哥哥作路费"。打劫钱财为哥哥送行，倒也不失"打家劫舍"的强人本色。只是他们没有想到，二人刚刚下山，鲁智深便打翻了服侍他饮酒的两个小喽啰，"拿了桌上金银酒器，都踏匾了，拴在包里"，从后山乱草处滚将下去，不辞而别了。

这一笔写得出人意料。像鲁智深这样一个英雄好汉，怎么能做出这种近乎卑劣的"小人行径"？

文章之道，对于"意料之外"的事情，要看它是否在"情理之中"。鲁智深"拿了桌上金银酒器"，显然在"意料之外"，但它是否也在"情理之中"呢？

　　在鲁智深打翻两个小喽啰之前，小说有一段心理描写："且说这鲁智深寻思道：'这两个人好生悭吝，见放着有许多金银，却不送与俺，直等要去打劫得别人的，送与洒家。这个不是把官路当人情，只苦别人！'"这是一段全知视角的心理描写，在习惯以行动表现人物心理的古典小说中，是不多见的。不多见的心理描写出现在这里，意味着它的出现极为重要。它是鲁智深"拿了桌上金银酒器"的内心依据，是一个明白放置在故事情节中的"心理支点"，借此可以把"意料之外"的事，收拢在"情理之中"。

　　不仅如此。还有一个隐含的"性格支点"，可以让这个"意料之外"归于"情理之中"。试想，如果鲁智深时时想着自己是个英雄，一事当前，先要想到温良恭俭让、仁义礼智信，至少也要先想想是否会被江湖好汉们取笑，瞻前顾后，患得患失，也就不是鲁智深其人了。

　　然而，妙处又不仅止于此。

　　写罢鲁智深的"小人行径"，作者回转笔锋，又去写李忠、周通颇有"君子风度"的坐地分赃。

　　先是周通的"公平"："我们且自把车子上包裹打开，将金银段四分作三分，我和你各捉一分，一分赏了众小喽罗。"

再是李忠的"谦让":"是我不合引他上山,折了你许多东西,我的这一分都与了你。"

更有周通的"包容":"哥哥,我和你同死同生,休恁地计较。"

一边是英雄的"小人行径",一边是小人的"君子风度",恰恰构成了让人忍俊不禁的鲜明对比。联想到当初救助金老父女时,鲁达的倾囊相助和李忠极不情愿地摸出而终于又被鲁达掷还回去的二两银子,眼前的"君子风度",便成了十足的讽刺揶揄。相反,倒是"小人行径"显得顽皮可爱些。

但作者并没有就此罢手,直到第五回,鲁智深、史进火烧瓦官寺之后,史进要投奔少华山。分手之际,鲁智深"打开包裹,取些酒器,与了史进"。这几件关联着"小人行径"的金银酒器,才仿佛在不经意间画上了句号。

师兄请坐，听小僧……

（第五回　九纹龙剪径赤松林　鲁智深火烧瓦官寺）

　　任何一种艺术，都必须借助一定的媒介材料去完成艺术形象的塑造。音乐依靠声音，绘画依靠色彩，小说创作的媒介材料是语言。小说家用语言塑造艺术形象，因此小说是语言的艺术。

　　既然小说是语言的艺术，那么，不仅艺术活动的特性要影响语言，形成所谓"文学语言"；同时，语言的特性也会直接影响小说，形成语言艺术特有的形式和性质。

　　比如，语言具有"线性"特点。语言是"语音"和"语义"配合而成的音义符号，瑞士语言学家索绪尔在《普通语言学教程》中把"语音"称作"能指"，把"语义"称作"所指"，并进而说明了语言的"线性"特点："能指属听觉性质，只在时间上展开，而且具有借自时间的特征：（a）它体现一个长度，（b）这个长度只能在一个向度上测定：它是一条线。"索绪尔分析说："视觉的能指可以在几个向度上同时并发，而听觉的能指却只有时间上的一条线；它的要素相继出现，构成一个链条。"这就是语言的"线性"特点，它决定了文学作品的叙述和描写，只能在时间的一维向度上展开。通俗地讲，就是话要一句一句地说，文章要一个字一个字地写。

语言具有"线性"的特点，只能在时间的一维向度上展开。而实际生活中的人和事，却是既有时间的历时性，也有空间的共时性。这就意味着，在实际生活中同时发生的两件事，在语言的表达中，却只能区分先后，说完一件再说一件。这是语言的"线性"特点带给小说的限制。

面对这种限制，小说家们或者浑然不觉，或者积极寻找着突破限制的途径。在《水浒传》第五回中，施耐庵就表现出自己对语言"线性"特点的理解，以及试图突破"线性"制约的努力。

在瓦官寺，鲁智深听罢老和尚的诉苦，愤然找到生铁佛崔道成和飞天药叉丘小乙，小说有一段对话：

> 鲁智深提着禅杖道："你这两个，如何把寺来废了？"那和尚便道："师兄请坐，听小僧……"智深睁着眼道："你说，你说！"说："在先敝寺，十分好个去处……"

鲁智深的那句"你说，你说！"，插在了生铁佛那句

"听小僧说"中间，从字面上看，便是"你说，你说！"后面，还有一个"说"字。对这个被隔开的"说"字，清人金圣叹写下一句评语："说字与上听小僧，本是接着成句，智深自气忿忿在一边，夹着你说你说耳。章法奇绝，从古未有。"在回前总批中，金圣叹更把这种笔法概括为"不完句法"。

对这种"不完句法"，要分开两点来说。

一方面，在实际生活中，并非总是你方说罢我开言，常常是你未说罢，我已开言。相对于这种"语言现实"，语言的"线性"特征就是一种局限，一种无法真实呈现语言现实的局限。而小说艺术的创作过程，就是不断发现语言潜能、不断超越语言局限的过程。从这个意义上讲，"不完句法"可以看作是试图超越语言局限性的一种努力。

另一方面，这种"不完句法"，虽是"从古未有"，但它并不能改变语言的"线性"特征，同样不能如实呈现"你未说罢，我已开言"的语言现实。不仅如此，"不完句法"更打乱了约定俗成的语言法则。即以上文所引为例，被孤零零隔开的那个"说"字，很可能被看作是"衍文"，而"听小僧"一句，或被作"脱字"论。

"不完句法"只在第五回中出现，此后似乎再也未用。揣想施耐庵对"不完句法"也并不完全满意吧？很多年以后，在西方意识流、"新小说"创作中，出现时空叠加、对话与心理活动穿插交错的尝试，让人依稀记起"不完句法"。

二三十个泼皮

（第六回　花和尚倒拔垂杨柳　豹子头误入白虎堂）

　　鲁智深来到东京大相国寺，被派去看管菜园子。

　　在中国古典诗文中，菜园子，或者广而言之稼穑桑麻，有两个鲜明的文化印记。一个是"归隐"。如陶渊明《归园田居·其一》："开荒南野际，守拙归园田"，如孟浩然《过故人庄》："开轩面场圃，把酒话桑麻"，如范成大《晚春田园杂兴》："蝴蝶双双入菜花，日长无客到田家"。在古代知识分子的价值观中，归隐园田是一种备受尊崇的人格境界。另一个文化印记是"小民"。《尚书·无逸》云："不知稼穑之艰难，不闻小人之劳。"《论语·子路》载：弟子樊迟请教种田，孔子回答："吾不如老农。"再请教种菜，孔子回答："吾不如老圃。"樊迟离开后，孔子感叹说："小人哉，樊须也！"在古代士人眼中，和君子"劳心"相比，种田、种菜这种"小人""劳力"的事情，是低贱卑下的。

　　虽然鲁智深出家是为逃避官府缉拿，但此去酸枣门外菜园子，却不是要避世隐居。无关"隐居"，是为了和"小民"发生些关联。

"菜园左近，有二三十个赌博不成才破落户泼皮，泛常在园内偷盗菜蔬，靠着养身。"鲁智深初到菜园，便用"不打不相识"的方法，结识了这二三十个泼皮，终日"大碗斟酒，大块切肉"，演武使拳，俨然一群好朋友。

在结构严谨的优秀作品中，每个人物和细节都有它存在的价值和作用。那么，把鲁智深派到菜园子，把这"二三十个泼皮"拉进菜园子，是出于怎样的用意呢？

从故事情节的角度看，是先有"二三十个泼皮"进园子偷菜，才有了派鲁智深来看管菜园。"二三十个泼皮"的作用，是在情节的因果链上，为鲁智深来管理菜园子提供合理性、必要性。但这是一个比较表层的功能。更深层的价值，要从人物形象塑造的角度去看。

做文章讲究"凤头、猪肚、豹尾"。在鲁智深的形象塑造中，当以"拳打镇关西"为"凤头"，以"大闹五台山""醉入销金帐"为"猪肚"，而以本回书中"倒拔垂杨柳"为"豹尾"。若比作美人儿，"倒拔垂杨柳"便是所谓"临去秋波那一转"。试想，在经历了"凤头""猪肚"那些火爆场面之后，如果没有"倒拔垂杨柳"这样一段热闹文字，这样一腔气贯长虹的英雄豪气，则实难称作是鲁智深形象塑造的"豹尾"，也委实不像是鲁智深的"临去秋波那一转"。

但鲁智深初到东京，孑然一身。在这种孤寂清冷的氛围中，要写出一段和"拳打镇关西"同等量级的热闹文字，就需要营造相应的氛围，需要结构特定的人物关系，需要铺垫、烘托和渲染。这一切，单靠鲁智深一人是难以完成的。并且，此时的鲁达，已不是军官鲁提辖，而是出家和尚鲁智深。他不是得道高僧，而是负罪逃亡、避难佛门，且新来挂搭。要为这样一个人物营造氛围、结构人物关系，只能眼睛向下，在"小民"身上做文章。这样看来，是为了最后完成鲁智深的形象塑造，才有了"二三十个泼皮"来菜园子偷菜，并且众星捧月似的聚拢在他身边，这才是"二三十个泼皮"真正的艺术价值。

当然，没有这"二三十个泼皮"，在孤寂冷清的气氛中，也能让鲁智深"倒拔垂杨柳"。不过，那就变成了郁闷之情的发泄，是又一次撞倒半山亭，是雷同，是重复，不是"豹尾"。

端的使得好

（第六回　花和尚倒拔垂杨柳　豹子头误入白虎堂）

　　看管菜园子的鲁智深，和时常来园子偷菜的那二三十个泼皮成了师徒朋友。一日，鲁智深备下酒肉果子，"绿槐树下铺了芦席，请那许多泼皮团团坐定，大碗斟酒，大块切肉"。酒兴正浓时，众人嚷嚷着要看师父演练兵器。于是，鲁智深取出一条头尾长五尺、重六十二斤的浑铁禅杖，在众人喝彩声中，将浑铁禅杖使得嗖嗖作响。"智深正使得活泛，只见墙外一个官人看见，喝采道：'端的使得好！'"

　　这一声喝彩，在故事的层面上，是为鲁智深的真功夫叫好。但它在情节链条上，还有更重要的作用，就是以一声喝彩，引出林冲这个人物。事实上，"花和尚倒拔垂杨柳"，已是鲁智深故事的"豹尾"，此后作者的笔墨心思全在林冲身上。在《水浒传》中，林冲是一篇大文章，借着为鲁智深喝彩，完成林冲的首次登场亮相，不仅自然流畅，并且简洁明快。

这一声喝彩，不只是引林冲出场，更是借助人物言行，从侧面写出林冲精通武艺的身份。从鲁智深的兵器演练，到林冲的喝彩，再到泼皮们说出"这位教师喝彩，必然是好"的信服认可，诸多细节，看似围绕着鲁智深，实则针对着林冲。因为泼皮们的喝彩，表达的是对师父神力的口服心服，是外行看热闹。林冲的喝彩则不同，他所表达的，是八十万禁军教头的武学修为，是内行看门道。

这一声喝彩，又不单单是从侧面描写人物身份。事实上，从林冲的一声喝彩，道出林冲乃是功夫在身时，就开始了对林冲性格两面性的刻画。只是此时此刻，这种作用还没有完整地显示出来。在随后展开的情节中，林冲听闻妻子在五岳楼前被人欺辱，于是"径奔"岳庙，"抢到"五岳楼前，"把那后生肩胛只一扳过来""恰待下拳打时，认的是本管高太尉螟蛉之子高衙内""先自手软了"。从方才为鲁智深喝彩、与鲁智深相识结义中，读者已经知道林冲是精通武艺、功夫在身的禁军教头。因此，他出手将高衙内肩胛"扳过来"的动作，必定不是中看不中用的花架子。一身功夫却"先自手软"，不是"艺"不如人，是"势"不如人，是"人在矮檐下，不得不低头"。这是小说对林冲性格中刚毅与软弱两面性的初次描摹。

这一声喝彩，又不仅仅是展开人物性格的刻画，还在小说结构、谋篇布局上，发挥着铺垫、衔接和过渡的作用。从林冲大声喝彩时的神采飞扬，到"先自手软了"的忍气吞声，之间是一个巨大的跌宕，也是林冲性格中的两个不同侧面。小说以林冲神采飞扬的性格侧面，承接鲁智深如长风巨浪、粗犷不羁的故事；以林冲忍气吞声的性格侧面，开始他自己如阴云低锁、沉闷压抑的情节，接合部的衔接过渡如水到渠成，了无痕迹。

不禁要为作者高超的艺术手法叫一声：端的使得好！

把这件事不记心了

（第六回　花和尚倒拔垂杨柳　豹子头误入白虎堂）

遗忘，是一种普通的心理状态，是生活中每时每刻都在发生的寻常事。而在作家的笔下，对"遗忘"的描写，却往往成为塑造人物形象的特殊和重要的手段。鲁迅笔下的阿Q是大家所熟悉的：当他被"假洋鬼子"的"哭丧棒"打了之后，"他倒似乎完结了一件事，反而觉得轻松些，而且'忘却'这一件祖传的宝贝也发生了效力，他慢慢的走，将到酒店门口，早已有些高兴了。"生活使他习惯于用遗忘来排遣烦恼和屈辱，以此博取虚幻的"精神胜利"。鲁迅以严峻的现实主义笔触，描绘出阿Q"不幸"和"不争"的生存状态。它所以具有震撼人心的力量，使人不敢一笑了之，是因为在一种普通的心理状态背后，作者熔铸了巨大而深厚的社会历史内容。

施耐庵笔下的林冲，也有着用"忘却"来排遣烦恼和屈辱的经历。曾是朋友的陆谦为虎作伥，设计将林冲骗去喝酒，致使林冲的妻子再次被高衙内调戏。林冲怒不可遏，身藏利刃，搜寻陆谦，必欲手刃此贼，以平心头之恨。不想，在陆谦家门前一连等了三日，也没能见到陆谦。到了第四天，鲁智深来拜访，"两个同上街来，吃了一日酒，又约明日相会。自此，每日与智深上街吃酒，把这件事都放慢了"。这一笔写得看似漫不经意，其实却是含而不露。金圣叹在这里写了一句夹批："用此一句按下林冲，便有闲笔去太尉府中叙事，此作书之法。"不错，文学叙事具有时间的一维性，必须放下一件事，才能抽出笔来，去说另一件事。从这个角度去看，林冲这里"把这件事都放慢了"，的确是"作书之法"。

但不仅仅如此。当太尉府中将一场阴谋"如此如此"安排设定之后，林冲并没有将这件事重新启动。小说也特地补上一句，以接续前文："再说林冲每日和智深吃酒，把这件事不记心了。"起初是"放慢了"，渐渐地"不记心了"。

林冲，京师八十万禁军枪棒教头，靠自己一身武艺赢得了人们的尊重。有贤惠的妻子、温馨的家庭、安逸的生活，他的地位并不高，但已有太多割舍不掉的眷恋和利益。所以，当妻子蒙受欺辱时，他能一把将那后生肩胛"扳过来"，但是，当他认出那后生竟是高衙内时，便"先自手软了"；激愤之下，他可以"把陆虞候家打得粉碎"，但是，当他几日寻不到陆谦，也就把这件事"放慢了""不记心了"。毕竟，他只是个小小的枪棒教头，并且对此又十分地留恋。此时的林冲，刚毅勇武不是为了锐意进取，忍气吞声也不是为了以屈求伸。他只是想保持现状，保住已有的地位和尊严。心理学研究表明，当受到某种情绪或特定动机的压抑时，更容易出现"遗忘"。林冲只能遗忘。

我们总是期待在小说中看到深厚的社会历史内涵。这种深厚内涵，可能源自重大历史事件或者百科全书般纷繁复杂的社会生活，但也可能源于对特定的人物关系和人物性格的结构、刻画，以及在此基础上的准确的细节描写，比如林冲、娘子、高太尉、高衙内、陆虞候之间特定的人物关系，以及在此基础之上高衙内的"恶行"和林冲的"遗忘"。

当然，如果看不到隐藏在"遗忘"这一心理细节背后的社会内容，那么作者留在这里的、不露声色的一笔，的确不过是"作书之法"，相信很快也会被读者"不记心"的。

七步贯

豹子頭林冲

黄色衣服以伊身和罷少肮夯人

要缚便缚，小人敢道怎地

（第七回　林教头刺配沧州道　鲁智深大闹野猪林）

　　说到《水浒传》，就会想到一个成语，叫作"逼上梁山"；说到"逼上梁山"，就会想到林冲，林冲是"逼上梁山"第一人。这得益于施耐庵写林冲的那副笔墨，把一个"逼"字写得生动、透彻。说它"生动"，是他写出了"逼"字的急迫，其势如波，一波未平一波又起。说它"透彻"，是他写出了"逼"字的复杂，黑白两道，流氓是流氓的行径，官府是官府的手段。

　　"逼"势第一波，是流氓高衙内的霸凌、朋友陆谦的背叛，特点是将赤裸裸的恶行强加在林冲头上。面对"逼"势第一波，在反抗与忍让之间，林冲选择了应之以"忍"。他猛地将高衙内肩胛"扳过来"，又"先自手软了"；他身藏利刃追杀陆谦，又渐渐"放慢了""不记心了"。在这一波里，尽管高衙内一而再地欺人太甚，尽管林冲一次次咬碎牙齿和血吞，终究还是林冲自己选择了忍让，选择了息事宁人。

"逼"势第二波，是白虎堂的陷害、野猪林的谋杀，特点是披上律法外衣的草菅人命。林冲在街上买到一把宝刀，不知自己已经踏进了陷阱。林冲带刀进入白虎节堂，是违法度、乱规矩的行为。高太尉据此将林冲锁拿到开封府治罪，就是明明白白的依法依规，明正典刑。只是，奉太尉钧旨带刀前来的冤屈无处可申了。林冲做良民时，高衙内要流氓；林冲乱了规矩时，高太尉讲法度了。面对"逼"势第二波，在法度和强权之下，林冲连选择忍让、选择息事宁人的权利都没有了。这一次，他只能"认"，认罪、认罚、认命。

　　对于作者来说，写到林冲只能"认"时，固然写出了与前一波尚可选择"忍"的差异，然而，围绕"逼"势第二波，还大有文章可做。

　　如果说，"逼"势第一波，包括了流氓的霸凌和朋友的背叛，那么在"逼"势第二波里，同是律条掩盖下的草菅人命，公堂之上与江湖之远，仍是各具特色。看作者如何透彻画出。

　　公堂上的草菅人命，靠的是官威法度，是以势压人。高太尉在白虎节堂一见林冲，便开口呵斥："林冲，你又无呼唤，安敢辄入白虎节堂！你知法度否！你手里拿着刀，莫非来刺杀下官？"随后不由分辩，喝道："左右与我拿下这厮！""说犹未了，旁边耳房里走出二十余人，把林冲横推倒拽下去。"高太尉所言所为，无一不在张扬和显示法度官威的神圣不可冒犯。

开封府在明知林冲冤枉却又慑于太尉淫威的情况下，折中判了"脊杖二十，刺配远恶州"。小说对"逼"势第二波的描写也由公堂官府转到市井江湖。

江湖上的草菅人命，靠的是银钱开路，有钱能使鬼推磨。押解林冲上路前，陆谦将董超、薛霸二人约到巷口酒店，"去袖里取出十两金子，放在桌上"，收买两个"就前面僻静去处把林冲结果了"，事后"再包办二位十两金子相谢"。

刺配沧州路上，董超唱红脸，薛霸唱白脸。一路欺凌呵斥，行至野猪林。董超、薛霸先说要"歇一歇""睡一睡"；再说担心林冲逃走，"以此睡不稳"；又说"要我们心稳，须得缚一缚"，情势渐渐收紧，步步紧逼。已然认罪、认罚、认命的林冲回答道："要缚便缚，小人敢道怎地？"却不知"连手带脚和枷，紧紧的绑在树上"之后，董超、薛霸就会举起水火棍，说出那句话："明年今日是你周年。"

雷鸣也似一声

（第八回　柴进门招天下客　林冲棒打洪教头）

读林冲的故事，有一种沉闷压抑的心理感受，原因在于，作者要在"逼上梁山"的"逼"字上做足文章。"逼"势如潮。第一波，林冲以"忍"字应对，沉闷感自然挥之不去。第二波，林冲连选择"忍让"的机会都没有了，只能"认"，认罪、认罚、认命，压抑感自然无法摆脱。这种沉闷压抑的感受，在野猪林林冲被害时达到了顶点。一面是哀其不幸，一面是怒其不争。同情和焦虑淤积在心，笼罩着，压迫着，使人不能呼吸，急切地要找到一个爆发点，一个喷射口。

正当"薛霸双手举起棍来，望林冲脑袋上，便劈下来"，说时迟，那时快，"只见松树背后雷鸣也似一声，那条铁杖飞将来"，这一笔，恰如一座利斧砍削出的断崖峭壁，劈面而立，拦断沉闷压抑的水流，变化出一种浪涌水拍的激越。

英国美术理论家威廉·荷迦兹曾把"变化"总结为构成美的六项原则之一。施耐庵同样深谙此理。变化是一种美，不管东方西方，无论文学美术，情同此理。

就林冲"逼上梁山"的故事而言，主人公的被欺凌、被逼迫还远未结束。"逼"势第二波之后，还将有以"黑""白"两道合流为特点的第三波。但作者显然意识到，故事不能按一个节奏讲下去，读者也不能持续笼罩在单一的沉郁情绪里。其实，小说《水浒传》是从早期说唱"话本"发展而来的，对于听众现场反应的意义和价值，有着深刻的体会和认知。所以，向鲁智深借得"雷鸣也似一声"，改变现有的节奏，打破持续已久的氛围，自是势所必然。

但是，鲁智深的故事已经在"倒拔垂杨柳"时结束，再次走进林冲的故事，其实是"借势"。换言之，虽然野猪林里"跳出一个胖大和尚来"，但主角仍然是林冲。故事的节奏可以变，情感氛围可以变，但林冲的命运不能变。可见，仅仅看到情节的变化是不够的，还要看到变中有不变，看到变化之后达成的新的统一。

在这个"新的统一"里，变了的是："自此途中被鲁智深要行便行，要歇便歇"；董超、薛霸要搀扶着林冲，要替林冲背包袱，要烧火做饭；林冲只需"上车将息"。不变的是：有林冲在，鲁智深就不能打死董超、薛霸；有两解差在，鲁智深就只能是护送林冲去沧州，而不是救他远走高飞。董超、薛霸在烧火煮饭时，暗自商量"回去实说"的细节，又为这一段偶见亮色的情节蒙上一层阴影。

再看鲁智深与林冲告别时的神态："摆着手，拖了禅杖，叫声：'兄弟保重!'自回去了。"这与他大吼一声，从松树后面跳出来时判若两人。留下解差，就是留下了官府，留下了高俅，那么，即使是鲁智深，也难做快活人了。

中国古时候有个思想家，叫作史伯。他提出了美是和谐的思想。他说："声一无听，物一无文。"认为单一的声音不能悦耳，单一的色彩不能悦目。只有不同声音、不同色彩的谐调统一，才会有动听的音乐和华美的文采。没有变化就没有和谐，没有和谐，变化就成了混乱。《水浒传》中的"鲁智深大闹野猪林"，可以为史伯的美学思想提供一个文学的旁证。

歪戴着一顶头巾

（第八回　柴进门招天下客　林冲棒打洪教头）

　　《水浒传》中有许多肖像描写，每每于人物首次出场或跨马上阵之际，总要对他相貌服饰铺陈描绘一番。比如林冲首次出场时，小说这样描写："头戴一顶青纱抓角儿头巾，脑后两个白玉圈连珠鬓环，身穿一领单绿罗团花战袍，腰系一条双獭尾龟背银带，穿一对磕爪头朝样皂靴，手中执一把折迭纸西川扇子。生的豹头环眼，燕颔虎须，八尺长短身材，三十四五年纪。"待到柴进出场时，小说也有工笔细描的肖像描写："马上那人，生得龙眉凤目，皓齿朱唇，三牙掩口髭须，三十四五年纪。头戴一顶皂纱转角簇花巾，身穿一领紫绣团胸绣花袍，腰系一条玲珑嵌宝玉环绦，足穿一双金线抹绿皂朝靴。带一张弓，插一壶箭……"

　　在中国古典小说中，这种肖像描写是一种常见的模式化书写，并不独属于《水浒传》。从文学传统的直接影响看，这种肖像描写，是对诗赋创作中的铺陈渲染手法的借鉴和改造。但更为内在的影响，其实要从传统思想理论和文化观念中去探寻。《大学》有"诚于中，形于外"的观点，《资治通鉴》有"发于中必形于外"的论断。魏晋以后，更融合佛教思想中"世事无相，相由心生"的观念，形成广泛的思想共识。按照这一观念逻辑，人的内在本质和精神气质，必然会通过仪容相貌表现出来。因此，这种肖像描写的本意，是要由表及里，通过人的相貌仪容，一窥其精神气质。所以，在林冲的肖像描写中，有所谓"豹头环眼"，以关联林冲"豹子头"的江湖绰号；在柴进的肖像描写中，则有"龙眉凤目"，暗示着柴进的皇族贵胄血统。然而在现实世界中，人的内在本质与仪容相貌之间，并不是简单的"发于中必形于外"的对应关系；并且，《大学》所谓"诚于中"，或许就是君子正心、诚意，但"形于外"却绝非仪容相貌而已。这不仅意味着"以貌取人"不足为训，同时也决定了这种肖像描写的价值是极其有限的。具体来说，虽然工笔重彩、精雕细刻，极尽铺陈能事，但终究是静态的、模式化的，详细有余，传神不足。

　　与此相反，在同一回书中，施耐庵通过林冲的眼睛观察，对洪教头也有一番肖像描写："林冲起身看时，只见那个教师入来，歪戴着一顶头巾，挺着脯子，来到后堂。"这段肖像描写不在"形似"上求逼真，专在"神似"上求生动。我们或许不能从中看到服饰的细节，却可以感受到一股傲气扑面而来。这才是上乘的肖像描写。

小说是语言的艺术，肖像描写是用语言文字为人物画像。说到画像，自然就有像与不像的问题，其间关系，齐白石老人曾经论及："作画妙在似与不似之间，太似为媚俗，不似为欺世。"所谓"似与不似之间"，就是要突出最能"传神写意"的眉眼之处，以免"欺世"；而对枝节毛发，则不作精心雕琢，以免"媚俗"。

在小说艺术中，肖像描写要"传神"，就是要写出人物的个性；而所谓"写意"，就是写出作者对于人物的独到的感受、评价和发现。柴进的肖像描写，虽然铺陈描绘，面面俱到，缺少的恰恰就是这个"神"和"意"。

改日来烧纸钱

（第九回　林教头风雪山神庙　陆虞候火烧草料场）

　　俗话说，暴风雨来临前的天空是平静的。

　　在草料场的大火烧起来之前，林冲的心情也是平静的。一来林冲已经"认命"；二来靠银钱开路，加上柴大官人的请托书信，牢城营里免了一百杀威棒；三来又得管营"抬举"，派去看管大军草料场。诸事顺遂，心境自是平和。但我们关心的是，作者将以何种笔法，把林冲的平和心境准确生动地写出来。

　　一言以蔽之，写琐事。选两个极致的例子。

　　林冲和看守草料场的老军交接完毕，"觉得身上寒冷"，想着"何不去沽些酒来吃"：

　　　　便去包裹里取些碎银子，把花枪挑了酒葫芦，
　　　将火炭盖了。取毡笠子戴上，拿了钥匙出来，把草
　　　厅门拽上；出到大门首，把两扇草场门反拽上锁

了，带了钥匙，信步投东。雪地里踏着碎琼乱玉，迤逦背着北风而行。

林冲沽酒归来，只见安身的草厅已被大雪压倒，想起沽酒路上，曾见一座破败的古庙，便决定"且去那里宿一夜，等到天明，却作理会"：

> 入得里面看时，殿上塑着一尊金甲山神，两边一个判官，一个小鬼，侧边堆着一堆纸。团团看来，又没邻舍，又无庙主。林冲把枪和酒葫芦，放在纸堆上，将那条絮被放开；先取下毡笠子，把身上雪都抖了，把上盖白布衫脱将下来，早有五分湿了，和毡笠放在供桌上；把被扯来，盖了半截下身。却把葫芦冷酒提来慢慢地吃，就将怀中牛肉下酒。

这两段描写中，琐细动作行为，前前后后均不下十余个。然而前后衔接流畅，不忙不乱，不烦不躁。读着这两段描写，给人印象最深的，不是这一连串的动作行为本身，而是琐细行为动作中所透露出的平心静气的态度和随遇而安的心境。

诗人杜甫有"落花游丝白日静"的诗句，在手法上被称作是"以动写静"。古代诗家认为，以动写静，愈见其静。其中的道理是，只有在安静的环境里，在平静的心境中，才可能观察和感受到那些悄无声息的"落花""游丝"。施耐庵"写琐事"的手法也是同样的道理。越是不厌其烦地写出林冲那些细细碎碎的行为动作，越能展现此时此刻人物内心的平静和安分。回想一下五台山剃度后的鲁智深，啥心思都没有，回到房里"扑倒头便睡"，看似安稳，恰是内心烦躁的表现。

可见，在这个风雪之夜，能够不忙不乱挑起酒葫芦、盖上火盆、关上草厅门、锁上草场门，不烦不躁地将那些脱衣、掸雪、展被、铺床的事情一件一件做完，往眼前说，是写出了林冲平心静气的心态；往深处说，是写出了林冲的"认命"，写出了林冲随遇而安的人生哲学。

有了这种平心静气的心态作为心理依据，看到草屋"四下里崩坏了，又被朔风吹撼，摇振得动"，林冲便会想到："这屋如何过得一冬？待雪晴了，去城中唤个泥水匠来修理。"买酒路上"看见一所古庙"，林冲便会"顶礼道：'神明庇佑，改日来烧纸钱。'"修屋祭神，正是长住下去的打算，而不知祸之将至矣。

林冲这个人呀！只要还有一座破庙、一条棉絮、一壶冷酒，他就不会远离草料场。只要还有一步退路，他也不会上梁山。唯其如此，才是林冲。

卷下一天大雪来

（第九回　林教头风雪山神庙　陆虞候火烧草料场）

　　林冲的故事有一个重要的"核"，就是在"逼上梁山"的"逼"字上把文章做足、做透。在"风雪山神庙"之前，特点不同的淫威逼迫之势，一波紧接着一波。中间虽有鲁智深"雷鸣也似一声"断喝，依然不能阻断"逼"势第三波的来临。

　　"逼"势第三波，自然是来自东京太尉府的追杀，"陆虞候火烧草料场"。这一波有两个特点：一是追杀者亦官亦贼、亦兵亦匪。东京太尉府的富安、陆谦，沧州牢城营的管营、差拨，明里身份是官、是兵，暗里行径却是火烧大军草料场的强贼悍匪。既然是亦官亦贼、亦兵亦匪，林冲也就有了或死于贼手，或死于法度的不同归宿。前者是葬身火场，被贼人"拾得他一两块骨头回京"；后者是"烧了大军草料场，也得个死罪"，锁拿到牢城营里伏法。二是前两番的霸凌欺辱都是面对面的，这一次的追杀陷害是暗战，是浑然不觉中的大祸临头。这就意味着，在大火烧起、仇人相见之前，一切鬼魅伎俩都在暗处，一切罪恶都掩盖在那一场纷纷扬扬的大雪之下。

在"林教头风雪山神庙　陆虞候火烧草料场"一回中，施耐庵并没有正面描写大军草料场的那场大火，作者不停地写着炉火、炭火、火盆里的火种，不停地写着雪。从林冲离开天王堂，前往草料场开始，作者先写道："正是严冬天气，彤云密布，朔风渐起，却早纷纷扬扬卷下一天大雪来。"此后，又随着情节的不断展开，再再写道："那雪正下得紧""看那雪，到晚越下得紧了""那雪越下得猛"。

景物描写是大家所熟知的。但在这里，施耐庵对雪的描写却很有特色。删繁就简是其一，有机组合是其二。把这两点结合起来，颇似电影艺术中的镜头运用。

电影艺术的一个特点，就是观众在银幕上能看到什么、不能看到什么，先看到什么、后看到什么，都是经过导演选择、安排的。通过镜头的运用，将一切多余的东西排除在画面之外，只把最能表现人物、表达情感的部分留给观众看。施耐庵写雪，也如导演手中的镜头运用，删除了远村近树之类一切多余的东西，画面上只留下"正下得紧"的"一天大雪"。纯用白描手法，渲染出"冷"和"紧"的气氛，强化和加深读者对世事冷酷、情境紧迫的感受。

电影艺术还有一个特点，即电影蒙太奇运用。通过剪辑，实现镜头的有机组合，使两个不同的画面构成有机的联系，或对比、或衬托，或象征、或隐喻，从而实现作者的创作构思。施耐庵写雪，也有蒙太奇特色。他把对雪的描写拆散揉碎，与林冲的行动穿插组合在一起。一路写雪，一路写人。不必担心景物描写是否打断了故事情节，不必担心景物描写是否与人物命运脱节。人在大雪中，雪在人的故事里、命运中。景物描写在发挥烘托和象征作用的同时，又实现了情景交融。景如情一样紧迫，情如景一样凛冽。

在这回书的结尾处，作者又写林冲"倒在雪地里，花枪丢在一边"。这个场面恰似一个俯拍的"全景"，穿插交替出现的雪和人，此时重合在一个画面上。而此时，林冲已然用一杆花枪，击碎了来自太尉府的霸凌欺辱和追杀。这一次，林冲不再忍让，也不肯认命了。

只如此命蹇时乖

（第十回　朱贵水亭施号箭　林冲雪夜上梁山）

从妻子在五岳楼前受辱开始，厄运就像一团阴云，锁定在林冲头上。先是"白虎堂"，继而是"野猪林"，之后又有"草料场"，终于把林冲逼得忍无可忍，挺枪一搏，杀出一条血路，上梁山去了。

这时候，读者的心理期待是，林冲的厄运到头了，笼罩在林冲头上的那团阴云该散了。

但作者并不打算从林冲踏入梁山泊聚义厅的那一刻起，就还他一个云开雾散。于是就有了心胸狭窄、妒贤嫉能的白衣秀才王伦，有了王伦三日为限的"投名状"。这在文章做法上，叫作"把文章做足"。

以林冲的武功身手，下山杀个人，取人头回来做"投名状"，除去不忍下手外，应该没有其他难处。而要从一件看上去似乎是"易如反掌"的事情中，写出对林冲的刁难，写出林冲的"命蹇时乖"，且要把文章做足，作者将如何下笔呢？

第一天，林冲等在僻静小路上，"从朝至暮，等了一日，并无一个孤单客人经过"。

第二天，"伏到午牌时候，一伙客人，约有三百余人，结踪而过，林冲又不敢动手，看他过去。又等了一歇，看看天色晚来，又不见一个客人过"。

第三天，"只见那个人远远在山坡下，望见行来；待他来得较近，林冲把衮刀杆剪了一下，蓦地跳将出来。那汉子见了林冲，叫声：'阿也！'撇了担子，转身便走。林冲赶将去，那里赶得上？那汉子闪过山坡去了"。

把三天限期分开，一一去写每天各不相同的情形，这是意料之中的写法。有趣的是，所谓"每天各不相同的情形"，竟是如此简单，信手拈来，平淡无奇。一天是无人经过，转天是三百人结伴同行，第三天终于望见一人挑着担子远远走来，却又让他跑了。说是那汉子"转身便走""那里赶得上"。当初在草料场，陆虞候也曾要跑，只是，"陆虞候却才行得三四步，林冲喝声道：'奸贼，你待那里去！'劈胸只一提，丢翻在雪地上"。这不过才是几天前的事情，今日怎么就变成了"那里赶得上"了？

不是林冲赶不上，是作者不想让林冲真的赶上来。

"雪夜上梁山"之后，林冲的命运要发生变化，这是常理。生硬地拦着不变，便是有悖常理。但问题是，大家都想到要变，果真就变了，分毫不差地落在读者的意料之中，岂不是文章无奇、作者无能？

情节设计的奥妙，在于"分寸"二字，在于情理之中、意料之外。所以，白衣秀才三日为期的"投名状"不能没有，有了这个"投名状"的纠缠，才能有情节发展的"出乎意料"。而一旦获得了预想的艺术效果，林冲又何必真的赶上去呢？须知，如果从人物刻画的角度来看，写林冲的"命蹇时乖"乃是虚，写白衣秀才的妒贤嫉能方为实。

况且，让林冲的花枪溅上无辜者的血，不惟林冲"惭愧"，作者不忍，读者也不肯。

你敢剁铜钱么

（第十一回　梁山泊林冲落草　汴京城杨志卖刀）

梁山脚下，因为"投名状"，杨志结识了林冲。但杨志没有和林冲一起留在梁山泊，他来到东京，"指望把一身本事，边庭上一枪一刀，博个封妻荫子，也与祖宗争口气"。不想高俅却不能容他，羞辱一番，赶出了殿帅府。杨志困居东京、衣食无着，于是就有了"杨志卖刀"这段英雄落魄的故事。

这段故事中，刻画杨志英雄落魄的行为心态，描写牛二泼皮无赖的言辞举止，都称得上是准确、生动、传神。不妨择出一段，细细体会。

牛二喝道："什么鸟刀，要卖许多钱！我三十文买一把，也切得肉，切得豆腐。你的鸟刀有甚好处，叫做宝刀！"杨志道："洒家的须不是店上卖的白铁刀，这是宝刀。"牛二道："怎地唤做宝刀？"杨志道："第一件，砍铜剁铁，刀口不卷。第二件，吹毛得过。第三件，杀人刀上没血。"牛二道："你敢剁铜钱么？"杨志道："你便将来，剁与你看。"

这是牛二纠缠杨志时的第一段对话。杨志说出宝刀的第一件好处："砍铜剁铁，刀口不卷"。言辞之间，自是洋溢着一股豪气。牛二追问道："你敢剁铜钱么？""剁铜钱"三字一出口，则完全是一副市井无赖口气。所谓语言运用的"惟妙惟肖""活灵活现"，所说的正是这种言语贴切身份的妙处。

然而，这一答、一问的妙处不仅仅如此。

后唐李璟《摊破浣溪沙》有"菡萏香销翠叶残"。记得当代学人叶嘉莹先生曾谈到它所以为佳句的好处，大意是说，句中的"菡萏"即荷花，也称莲花，"翠叶"自然是指荷叶。但"菡萏香销翠叶残"一句，却不能改成"荷瓣香销荷叶残"。因为"菡萏""荷花"、"翠叶""荷叶"，意思虽相同，但"荷花""荷叶"更为浅近通俗，给人的联想也是凡常俗见的，而"菡萏""翠叶"更能引发读者一种庄严、珍贵的联想。有了这样一种联想，才能引起对于美的凋零、对于生命韶华不再的痛惜之情。

可见，在文学作品中，一个字、一个词的选择，既要考虑它是否准确，是否生动，还要考虑它可能给人什么样的联想。

回到《水浒传》。杨志说宝刀的第一件好处是"砍铜剁铁，刀口不卷"。读者联想到的，是锋芒所向，削铁如泥，是金戈铁马，雕弓强弩，沙场征战，气吞万里如虎。牛二却不管杨志心中鼓荡着怎样的英雄气，也不管可能给人什么样的联想，径直追问道："你敢剁铜钱么？"从杨志的"砍铜剁铁"，到牛二的"剁铜钱"，虽然所砍所剁的都是铜铁，但"剁铜钱"能够给人的联想，是一脸市井无赖气，是对英雄的戏弄、谐谑和调侃。

赏析李璟词，我们知道不可以用"荷花""荷叶"换下"菡萏""翠叶"，因为那样会弱化乃至毁掉对于庄严和珍贵的联想。在东京的闹市里，牛二却偏要把杨志的"砍铜剁铁"换成"剁铜钱"，杨志也不得不低下头来说："你便将来，剁与你看。"这一换，便以牛二的市井气逼退了杨志的英雄气，也便画出了一幅英雄落魄图。

三弟贊

青面獸楊志　玩好不入於名刑上之反

梁中书看得呆了

（第十二回　急先锋东郭争功　青面兽北京斗武）

写下这个题目，便想起汉乐府《陌上桑》中几句诗："行者见罗敷，下担捋髭须。少年见罗敷，脱帽著帩头。耕者忘其犁，锄者忘其锄。"作者没有直接描写罗敷的美貌，而是去描写路人借故停下脚步、耕田的人停下劳作，眼睛只顾盯着罗敷的神态动作，通过烘托的手法，间接表现了罗敷女的惊人美貌。

同样是这种"间接表现"的艺术手法，被施耐庵成功运用到《水浒传》中，杨志、索超两人的比武争功，作者却把目光转到了观战的人们身上：

> 月台上梁中书看得呆了。两边众军官看了，喝采不迭；阵面上军士们递相厮觑道："我们做了许多年军，也曾出了几遭征，何曾见过这等一对好汉厮杀！"李成、闻达在将台上，不住声叫道："好斗！"

透过这些文臣武将的神态、言辞，杨志、索超比武格斗的激烈与精彩，自是不难想见。

文学发展史上，在不同体裁样式之间，艺术表现手法的相互借鉴和影响是一个十分普遍的现象。但借鉴并不等于照搬，记不得哪位批评家说过，第一个把姑娘比作鲜花的人是天才，第二个做此比喻的便是庸才，第三个就是蠢材了。他的意思是说，艺术要有个性，要有独创性。如果施耐庵的"间接表现"，仅仅是《陌上桑》的简单重复，那么在这一点上，他至多是个庸才。

细心体会施耐庵以"间接表现"手法，写杨志、索超争功比武，有两点不可不察。

一是得其所。把杨志、索超争功放回到故事情节中去，就知道此前已经有一场杨志、周瑾比武。对杨志、周瑾比武，作者采取了略写比枪、详写比箭的正面描写手法。只因一旁观战的索超不服，站出来挑战杨志，这才有了杨志、索超争功。杨志不惧挑战，不怕再战一场。但紧接着再写一场比武，却是文章大忌。在这个地方，在这个时刻，施耐庵拿出"间接表现"手法，正可谓得其所哉。

二是有个性。在学习和借鉴前人艺术成就的时候，施耐庵没有忘记自己对叙事艺术的独特理解，没有放弃自己的艺术创造。这表现为，他一方面要透过观战人的神态言辞，间接地表现杨志、索超的争功比武；另一方面，他没有放弃叙事艺术的个性化魅力。他准确地把握住人物的神态言辞与身份地位之间的关系，在间接表现杨志、索超武功高强和精彩打斗的同时，也直接刻画了那些观战人的形象，虽然他们都是一些不足道的配角、小人物。

看他笔下人物，身份不同，神态、言辞也不同。梁中书是个文官，对刀枪剑戟的事情似懂非懂，所以只能是"看得呆了"，所谓外行看热闹而已；那些将官们则不同，他们是能看出门道的内行，并且也有资格、有胆量在校场上高声喝彩；相比之下，那些阵面上的士兵们就显得十分拘谨，"递相厮觑"四个字，画出了他们对高超武功的惊叹，也写出了他们在校场上的谨小慎微。

这个令甥端的非凡

（第十三回　赤发鬼醉卧灵官殿　晁天王认义东溪村）

在《水浒传》的整体结构中，"赤发鬼醉卧灵官殿　晁天王认义东溪村"是一个过渡性章节。这一回书的要点是引出"智取生辰纲"的故事，引出晁盖、吴用。"引出"之功，全在赤发鬼刘唐。

梁中书为了给蔡京祝寿，备下一份"十万贯金珠宝贝"的生辰纲，要送到东京去，"早晚从这里经过"。这个消息由刘唐告知晁盖，乃是"智取生辰纲"曲折情节的第一环节。应当说，作为一篇大文章的起手第一笔，这个环节可以没有更多的玄奥，多少波折都可以在此后慢慢展开。但作者却是匠心独运，使得一个口信的传递，变得一波三折。

先是送信人刘唐，劫取官家财宝的口信还没送到，自己先已被官军当贼拿了，口信的传递被阻断。拿获了刘唐，都头雷横要去晁盖庄上"暂息""讨些点心吃"，无意中却把刘唐送到了晁盖面前，被阻断的口信传递重又接续。被吊在房梁上的刘唐见了晁盖，只说了句"如今我有一套富贵，要与他说知"，便被晁盖一句"你且住"喝止，口信的传递再被阻断。安排了刘唐认舅，再礼送雷横出庄，又给刘唐换了衣裳、头巾之后，关于生辰纲的口信才终于传递给晁盖。得知生辰纲的消息后，晁盖只有六个字"壮哉！且再计较"，便结束了这个环节，全然不同于此前的一波三折，笔墨变得异常简捷。

回头去看，口信的传递两次被阻断，又两次被接续，阻断是合理的，接续也是自然的。断续之间，不仅成就了口信传递过程的一波三折、摇曳多姿。同时，借刘唐之口、借刘唐送信的行动、借刘唐送信给晁盖的心理动机，完成了对晁盖的人物出场介绍。

这个令甥端的非凡！

消息送到，晁盖出场，刘唐完成了任务，该去歇息了。吴用的出场，完全可以由晁盖请出，事实上，晁盖已经有了"请先生到敝庄商议句话"的打算，由此请出吴用，于情节的自然、流畅，毫无损伤。

但作者的用心，却是"文似看山不喜平"。晁盖请出吴用，无伤于流畅，却失于平淡。打破平淡，还要刘唐再出一把力。

晁盖安顿刘唐歇息，刘唐却在房里寻思道："雷横那厮，平白地要陷我做贼，把我吊这一夜。想那厮去未远，我不如拿了条棒赶上去，齐打翻了那厮们，却夺回那银子，送还晁盖，也出一口恶气。此计大妙。"

刘唐要去追赶雷横，要出一口恶气，能说他不该追？雷横见刘唐赶来，没有感谢的意思，反而出言不逊，于是挺刀去斗刘唐，能说他不该斗？吴用在一旁看了多时，见大汉刀法了得，再斗下去，雷都头难免吃亏，于是抢起两条铜链，将两人拦开，能说他不该拦？而吴用由此出场。

清人金圣叹对刘唐要去追赶雷横的"妙计"大加赞赏，认为"有千丈游丝，萦花粘草之妙"。"千丈游丝"，言其生发时凌空高蹈、了无干系；"萦花粘草"，言其落下时关联贴切、自然天成。也就是今天人们常说的"意料之外、情理之中"。

挑着一付担桶

（第十五回　杨志押送金银担　吴用智取生辰纲）

　　读中国古典小说，常常可以看到有诗词韵文穿插其间。谈到诗词入小说，人们自然会想起《红楼梦》中的诗词歌赋，想起《红楼梦》中那些锦心绣口的才子才女。的确，在《红楼梦》中，由于人物身份的要求，诗词歌赋在小说的人物塑造中发挥了重要的作用。"一年三百六十日，风刀霜剑严相逼。明媚鲜妍能几时？一朝飘泊难寻觅。"一首《葬花吟》，不啻为林黛玉生存境遇和命运的真实写照。

　　其实，诗词歌赋进入小说，不仅在人物塑造中发挥了独特的作用。作为一种小说情节结构要素，同样可以一展风采。这一次，且看《水浒传》中的实例。

　　"智取生辰纲"是大家熟悉的水浒故事。

　　在这一回书的前半部，作者生动描写了天气的炎热、士兵的劳累、杨志的粗暴和老管营的骄横。通过人物关系的刻画，士兵与杨志的矛盾，杨志与老管营的龃龉，都被一一突显出来，为晁盖、吴用等人的"智取生辰纲"做好了情节铺垫和氛围渲染。后半部则是有层次、有节奏地正面描写"智取生辰纲"的过程。从环境氛围的渲染铺垫，到正面展开对"智取"过程的生动描写，情节的过渡和转折是通过白胜随口哼唱的一首歌谣完成的。

杨志与众军汉在黄泥冈歇歇脚，"只见远远地一个汉子，挑着一付担桶，唱上冈子来"：

赤日炎炎似火烧，野田禾稻半枯焦。
农夫内心如汤煮，公子王孙把扇摇！

白胜所唱的歌谣，不是游离于情节的赘笔，而是承前启后的一个环节，换句话说，它是一个结构要素。歌谣在小说中的结构作用，可以从远近、虚实两个层面来分析。

先说"近"与"虚"。"近"是指歌谣与邻近情节的关系。在又热又累，只想停下歇歇凉的众军汉与执意要快快通过黄泥冈的杨志之间，白胜的歌谣是对众军汉心中愤懑的呼应；在担着天大的干系、满心焦虑的杨志与只顾骄横托大的老管营之间，白胜歌谣是对杨志心中委屈的呼应。但这种呼应不是对双方冲突的正面评价，也不是双方的对立所引发的直接后果。它是在情节链之外的，是一种抒情性的"虚笔"。此其所以"承前"也。

再说"远"与"实"。"远"是指歌谣超越当下情节的宏远意涵。这首歌谣不是杨志与军汉、杨志与老管营对立冲突的后果，它是在情节链之外的抒情性"虚笔"，这使它能够从社会背景和现实关系的远处，描绘和揭示现实生活中官与民、贫与富的矛盾和对立，展示社会的不公和人心的不平，从而为"智取生辰纲"的行动提供了社会背景，让这次"打劫"成为合理的、必要的和正义的。用晁盖等人的话说就是："梁中书在北京害民，诈得钱财，却把去东京与蔡太师庆生辰，此一等正是不义之财。"不义之财，取之何妨！四句抒情歌谣，直接为即将发生的"智取生辰纲"，提供了实实在在的基础。此所谓"实"，"启后"之功也正在于此。

施耐庵让白胜挑起一副担桶，走上黄泥冈。同时也把承前启后、联系前后情节、打通实景、虚笔的担子，放在他的肩上。

不去赌钱，却来怎地

（第十六回　花和尚单打二龙山　青面兽双夺宝珠寺）

得知生辰纲被劫，蔡太师大惊道："这班贼人，甚是胆大！去年将我女婿送来的礼物，打劫去了，至今未获，今年又来无礼，如何干罢！"随即吩咐一个亲信，带了太师府公文，星夜赶来济州府，坐等破案。

济州府尹感受到巨大压力，便向手下衙役捕快施压，不仅限十日破案，更在捕头何涛脸上先刺上了"迭配……州"字样，限期内抓不到贼人时，便要"迭配远恶军州雁飞不到去处"。

至此，"智取生辰纲"的故事到了一个转折点。此前是写"智取"，此后要写"败露"。围绕"智取"，作者竭力描写了策划之精心周密，实施之顺利完美，天衣无缝，滴水不漏，一切尽在意料之中，掌控之中。而要写"败露"，就要在天衣无缝中发现一丝缝隙，在滴水不漏中指出一点儿疏漏。不过，这个"缝隙"如果太大，就会削弱前面"智取"的光彩，吴用也就算不得"智多星"了。但如果这个"疏漏"不伤筋、不动骨，轻微到可以忽略不计，那么，从"智取"到"败露"的情节转折也就不可信了。

并且，由谁来发现"缝隙"，指出"疏漏"呢？

捉拿贼人这件差事，落在了何涛头上，但发现"缝隙"和指出"疏漏"的功劳，却难以落在何涛的头上。

试想，何涛接下了这件公差，若是不费周折，马到成功，"智取生辰纲"还有何光彩？相反，若是明察暗访，历尽周折，见微知著，剥茧抽丝，终于发现了蛛丝马迹，岂不变成了道高一尺、魔高一丈的公案故事，何涛也变成了大智大勇的神探人物，这显然不是作者的本意。

于是就有了过场人物何清。何清这个人物只有一个作用，就是在天衣无缝中发现缝隙，在滴水不漏中指出疏漏。用一个过场人物指点迷津，告诉何涛是谁劫持了生辰纲。可以说，没有比这更省心省力的操作了。

故事都是虚构的，但虚构故事的质量标准是让人信以为真。所以，何清招之即来不是问题，但要令人信服地回答两个问题：第一，何清从何而来？第二，为什么是何清发现了"智取生辰纲"的疏漏。

施耐庵在何清出场的第一时间，用一句话回答了这两个问题："正说之间，只见兄弟何清来望哥哥，何涛道：'你来做甚么？不去赌钱，却来怎地？'"何涛、何清乃同胞兄弟。这种人物关系设置，可以让何清在需要他的时候，不费周章地走到何涛身边。而何涛那一句"不去赌钱，却来怎地？"又简洁道出了何清嗜赌的性格特征。

何清所以得知生辰纲的去向，全从一个"赌"字上来。因为赌输了没有盘缠，才去了王家客店帮工誊录；因为曾和一个赌汉一同见过晁盖，因而在劫取生辰纲的前一天晚上，在王家客店，认出了自称是从濠州来贩枣的晁盖；在劫取生辰纲的当天，因为和店主人一起去村里赌博，因而在黄泥冈下，遇到了和店主人相识、一样爱赌的白胜，那时他挑着两个桶，自称要去村里财主家卖醋。

没有大智大勇，也没有魔高一尺道高一丈。只为嗜赌，何清无意间获得了一些断断续续的信息。当他听说一伙枣贩子在黄泥冈上劫了生辰纲时，把这些信息联系起来，应该不需要太多的智慧。

虚构的故事能让人信服，根基就在"合理性"上。有了这种合理性，虽是"招之即来"，读者却不会感觉突兀。

今日兄弟也有用处

（第十六回　花和尚单打二龙山　青面兽双夺宝珠寺）

前面说过，何清是一个招之即来、挥之即去的过场人物，虽是招之即来，却要其来有自，有合理性。可以见出施耐庵笔下，写过场人物的不肯草率。

写过场人物不肯草率，还表现为，虽是"招之即来"，却不肯让他匆匆而去。

何清上场的时候，关于生辰纲的去向线索，已然写在纸上，装在招文袋里。这表明作者坚持把何清当作过场人物，不肯给他更多的笔墨。这么说来，何清见到何涛之后，似乎可以废话少说，拿出誊录的经折副本，径直说出是晁盖劫持了生辰纲，岂不简洁？

但作者并没有选择这种似乎更为简洁的方法，他不急于让何清说出晁盖，说出白胜，不急于去推进故事情节向前发展。而是耐着性子，去刻画何涛、何清的兄弟关系，刻画何涛、何清各不相同的心理情态。对一个招之即来、挥之即去的过场人物，对一个服务于情节衔接、转折的过渡性场面，表现得不急不躁，不吝笔墨。

何清怀里揣着生辰纲的线索来见哥哥何涛，正在烦躁中的何涛，只问了一句"不去赌钱，却来怎地？"便把个何清冷冷地推开了。

被冷落在一边的何清，并没有赌气走开，而是向何涛的妻子、自己的嫂子，一连问了五句话。一问："便叫我一处吃盏酒，有甚么辱没了你！"二问："有甚么过活不得处？"三问："'有贼打劫了生辰纲去。'正在那里地面上？"四问："却是甚么样人劫了？"五问："何不差精细的人去捉？"这五句话，每一句都是从自己的明白处提问，每一句都是揣着明白装糊涂。这种提问的目的，不是为了获得答案，而是为了享受那种将"明白"揣在怀里之后的居高临下，猫把一只老鼠按在爪下嬉戏逗弄时的心态，或可类比。

何清独自享受着"猫戏鼠"的快乐，但何涛的妻子还是听出了这位小叔子的话外之音，这就引出了何涛笑脸相赔的不耻下问。于是，在何清的"五问"之后，又有了"三不知"。其一，"我不知甚么来历，我自和嫂子说要。兄弟何曾救得哥哥？"其二，"你别有许多眼明手快的公人，管下三二百个，何不与哥哥出些气力？量一个兄弟，怎救得哥哥！"其三，"有甚么去向，兄弟不省的！"

小说设置何清这个人物，原本就是为了救何涛出困局，但何清上场之后，作者却不急于为何涛解困，相反，却着力刻画何清的袖手旁观心态，"五问"尤嫌不足，又继之以"三不知"，不啻为兄弟手足的莫大讽刺。如果联系到下一回宋江冒死送信，救晁盖脱险的故事，相映成趣，恰成鲜明对照。或许，这正是作者匠心所在。

　　需要说明一点。何清本是救兵，要写救兵的袖手旁观，须得给个理由，即所谓"合理性"。这理由也自何清口中道出："嫂嫂，你须知我只为赌钱上，吃哥哥多少打骂，我是怕哥哥，不敢和哥争涉。闲常有酒有食，只和别人快活，今日兄弟也有用处。"金圣叹于此下评语曰："说得透。骂得好。"

慢慢地离了县治

（第十七回　美髯公智稳插翅虎　宋公明私放晁天王）

　　何涛带着济州府公文，来郓城捉拿劫取生辰纲的晁盖等人，当日恰是宋江在县衙当值，得此消息，有意要私放晁盖逃脱，于是找了个理由，推说县太爷"发放一早晨事务，倦怠了少歇。观察略待一时，少刻坐厅时，小吏来请"，先把何涛稳住在县衙旁边的茶坊里；又说"小吏略到寒舍，分拨了些家务便到。观察少坐一坐"，就让自己从茶坊脱身出来。

　　接下来，作者有这样一段描写："宋江起身，出得阁儿，分付茶博士道：'那官人要再用茶，一发我还茶钱。'离了茶坊，飞也似跑到下处。""自槽上鞁了马，牵出后门外去。袖了鞭子，慌忙的跳上马，慢慢地离了县治。出得东门，打上两鞭，那马拨喇喇的望东溪村撺将去。"

　　宋江离开茶坊，是要去东溪村私放晁盖，而此时，捉拿晁盖的差役就坐在茶坊里。事情已经是危急万分，所以有"飞也似跑到下处""慌忙的跳上马"和"出得东门，打上两鞭，那马拨喇喇的望东溪村撺将去"的描写。但在这些心急如焚的叙述中，还掺杂着从容吩咐茶博士、谨慎出后门和"慢慢地离了县治"的描写。可见，此时此刻、此情此景中的宋江，急则急矣，却是方寸不乱。

从欣赏的角度看，透过这段描写，我们可以感受人物形象的完整性和丰富性，但也可以从作家写作的角度，去理解人物形象塑造中的统一性问题。

文学理论界曾经围绕文学创作的"主体性"问题展开论争，论者同时提出了作家的"主体性"和作品中文学人物的"主体性"。前面一个"主体性"不难理解，作家当然不能靠着拾人牙慧、人云亦云过活。对人生、对世界的独到见解和独特感受，是一个作家获得艺术个性、形成艺术风格的最根本的基础。后一个"主体性"则有些费解。论者认为，一个成功的人物形象是具有"主体性"的，他要做什么以及怎么做，都有自己的意志、主见和逻辑，不受作家支配。

其实，人物形象是作家创造的，包括他的意志、主见和逻辑。所谓文学人物的"主体性"问题，从根本上说，是人物形象的统一性问题。一个农夫不能开口"子曰"，闭口"诗云"，这不是农夫的"主体性"问题，而是作家在创作过程中，必须注意到人物的语言方式要符合人物的身份。安娜·卡列尼娜所以要自杀，不是因为托尔斯泰拦不住她，而是因为作家深刻地认识到，重新回到丈夫身边苟活偷生，这与安娜的性格，与安娜所经历的情感历程无法统一在一起。

再回到从茶坊脱身出来的宋江。

心腹弟兄正面临被官府缉拿的危险，宋江心情自然焦急并决意赶去东溪村私放晁盖，这里显示的是人物内在心理与行动的统一性。宋江与何涛走进茶坊时，两人谦让一番，宋江坐了主位，何涛坐了客席。宋江离开茶坊时，从容吩咐茶博士说"那官人要再用茶，一发我还茶钱"，则是显示出前后情节的统一性。鞴了马，"牵出后门"，且又是"慢慢地离了县治"，恰恰是人物的行为方式要符合人物活动的环境要求。试想，若是宋江牵马出了前门，"慌忙的跳上马""打上两鞭，那马拨喇喇的望东溪村撺将去"，岂不让一城的人都要心生疑窦：宋押司慌慌忙忙的，这是要往哪里去？

船骑相迎，水陆并进

（第十八回　林冲水寨大并火　晁盖梁山小夺泊）

从小说的整体来看，《水浒传》是一个悲剧故事。即使是删掉了"受招安""征方腊"的七十回本中，也通过卢俊义的一个噩梦，透露出梁山英雄的悲剧命运。但这并不妨碍在一些章节和段落里，充满着喜剧意味。例如石碣村捉拿阮氏三兄弟。

这是一次官府的"剿匪"行动。发兵之前，作者分两个层次，去写事先策划之周密。何涛先到"机密房里"，与众多做公的商议，结论是"若不得大队官军，舟船人马，谁敢去那里捕捉贼人"；接下来"再到厅上禀覆府尹"，争取到"再差一员了得事的捕盗巡简，点与五百官兵人马，和你一处去缉捕"的兵力部署。这样一番群策群力、上下一心的策划部署，是要在战前写出如临大敌的气氛。

缉捕行动开始，作者的笔墨越发在"如临大敌"四个字上尽情渲染："渐近石碣村，但见河埠有船，尽数夺了，便使会水的官兵，下船里进发。岸上的骑马，船骑相迎，水陆并进。到阮小二家，一齐呐喊，人兵并起……"但结果是："扑将入去，早是一所空房，里面只有些粗重家火。"

从"船骑相迎，水陆并进"，到"扑将入去，早是一所空房"，寥寥几笔，画出一个讽刺意味浓厚的画面。掩卷默想，"船骑相迎，水陆并进"，旌旗蔽日，军威浩荡。方才还是呐喊声震耳欲聋，转眼之间，面对一座空房，众官兵们一口气倒憋回去，一副拼死搏杀之相凝固在脸上，面面相觑之状着实可笑。就在呐喊声戛然而止的一瞬间，宋江的仗义，晁盖、吴用、阮氏三兄弟的智勇以及官兵的色厉内荏，一起被凸现出来。

这让人想起了鲁迅笔下阿Q被捕时的情景。"那时恰是暗夜，一队兵，一队团丁，一队警察，五个侦探，悄悄地到了未庄，乘昏暗围住土谷祠，正对门架好机关枪"，也是一副如临大敌的模样。不同的是，土谷祠不是一座空房，阿Q和往常一样睡在里面，并不像阮氏兄弟那样埋伏在外面的芦苇丛里。这里的相似处和不同处，恰恰体现出鲁迅的创造性和深刻性。阿Q想象的"革命"，不过是把辫子盘到头上，把"秀才娘子的宁式床"搬到土谷祠去。揭示"革命"的阿Q化，或者说生动描画出阿Q式的"革命"，是鲁迅《阿Q正传》最重要的贡献。

事件本身所包含的讽刺意味也正在这里。阮氏兄弟的造反是真造反，阿Q的革命不是真革命。如果阿Q是一个阮小二似的英雄，那么，出动许多官兵、架起机关枪的细节就失去了讽刺意味。同样的道理，如果阮小二等人如阿Q似的仍然睡在房里，那一阵呐喊之后，引出一场厮杀，谁还会觉得可笑呢？

矛盾的双方总是相互依存的，失去对立面的同时，自身也失去了存在的意义。作者以阮小二等人的转移为突变因素，取消了官兵抓捕行动的现实性，打破了故事情节中对立双方的均势。但作者并不因此停止对这次抓捕行动的描写，相反，更以精细的笔墨，画出官兵的精心策划、周密调遣、水陆并进、摇旗呐喊，一副煞有介事的样子，在严肃的现实主义描写中，透露出辛辣的讽刺锋芒。

自家一个心中纳闷

（第十九回　梁山泊义士尊晁盖　郓城县月夜走刘唐）

　　宋江首次出场是在第十八回，出场第一件事，是到东溪村送信儿，放走了晁盖。对于全书故事情节而言，这件事至关重大，而对于宋江人物塑造而言，这一段还只是一个"楔子"。

　　在第十九回，宋江又一次接到了济州府公文，仍是缉拿晁盖等人，不过这一次，已是何涛、黄安两败梁山泊之后了。作者写道："宋江见了公文，心内寻思道：'晁盖等众人，不想做下这般大事，劫了生辰纲，杀了做公的，伤了何观察，又损害了许多官军人马，又把黄安活捉上山。如此之罪，是灭九族的勾当，虽是被人逼迫，事非得已，于法度上却饶不得。倘有疏失，如之奈何？'自家一个心中纳闷。"

　　在《水浒传》这部小说中，心理描写这种艺术手法并不常用，近百字的心理描写更为少见。原因或是多方面的。在水浒故事的创作、流传过程中，曾有过重要的"话本"阶段。

"话本"是植根于市民社会的说唱艺术，它所遵循的美学原则，所运用的艺术手法，都直接反映着市民阶层的审美趣味和文化心理。如果说，士大夫们因为具有自觉的内省意识和能力，故而不怀疑内心世界的真实性，那么，市民阶层由于实用理性精神的影响，他们更信服、更崇尚外部世界的真实性。这就规定了说唱艺术更注重动态的情节、行为叙述，而对于静态的心理刻画，则多取自觉或不自觉的回避态度。这种艺术追求也成就了中国小说心理刻画的一个特点，这就是努力发现内在心理内容的外部表现形式，通过语言、行为乃至情节描写，间接地展示和表达人物的心理活动。

不过，当宋江"自家一个心中纳闷"的时候，作者选择了直接展示人物心理活动内容的办法。

其实，表现手法的选择，是服从于人物形象塑造这个目的的。同样，塑造怎样的人物形象，又取决于作者对生活的感知和理解。在《水浒传》这部作品中，作家心之所念、情之所系的，实乃"忠义"二字。"忠义"是作家的心中"块垒"，它从根本上决定着梁山英雄人物的性格和命运。宋江是梁山义军首领，因而理所当然地，"忠""义"二字所包含的一切矛盾和冲突，都将集中体现在这个人物身上。一个"义"字，决定他可以私放晁盖，聚义梁山；一个"忠"字，又规定了他终会接受招安，归顺朝廷。事实上，在梁山一百单八将中，宋江是唯一一个带着满腹心事上山聚义的，这个心事就是一个"忠"字。这正是宋江人物形象的两面性或曰复杂性之所在。

显然，当人物隐秘的心理内容较为单一，透过外在的言语态度、行为举止可以得到鲜明表达的时候，采取以动作写心理的手法，是顺理成章的事情。而当人物的心理内容较为复杂时，比如在宋江心中"忠"和"义"发生矛盾冲突的时候，作家当然可以写他"自家一个心中纳闷"，写他"信步走出县来"的行为举止，但如何清晰准确地揭示其隐秘的心理内容，始终是作家不能回避的问题。这个时候，对人物的心理内容做直接描写，无疑就是水到渠成的选择。

在《水浒传》中，心理描写并不多见。但是，艺术手法的取舍乃至前无古人的创造，都是呼应着形象塑造的需要，折射着作家对世界、对生活的感知和理解。正是基于这个理由，我们才说形式本身就是内容。

却好的遇着阎婆

（第二十回　虔婆醉打唐牛儿　宋江怒杀阎婆惜）

　　放在《水浒传》全书故事情节中看，第二十回"虔婆醉打唐牛儿　宋江怒杀阎婆惜"是一个过渡性章节，前承晁盖、吴用七雄故事，以"杀婆惜""投柴进"为过渡，引出武松故事。所谓收结前篇，引入下文，由此而及彼。

　　收结前篇，重在一个"收"字，须是简洁、干净、不拖沓。第二十回开篇言道："话说宋江别了刘唐，乘着月色满街，信步自回下处来。"受晁盖派遣，刘唐郓城传书、赠金，拜谢宋江东溪村送信救命之恩，乃是晁盖七雄故事的最后余绪。一句"别了刘唐"，便在当收之时、当结之地，将前篇故事的千曲百折一并收结。别有意趣的是，在收结前篇故事之后，"宋江怒杀阎婆惜"的缘由，恰恰又植根在"刘唐传书"之中，其中欲断还续，似续实断，展现出大师"收结"笔法的出神入化。

　　引入下文，首要的当然是这个"引"字。在牵引故事情节由"此"至"彼"的过程中，要避免横生枝节，这是不需多说的。但事情常常是过犹不及，线索繁杂，枝节横生，自然会丢掉"引"字的本义，但若过于急切，因而径直奔向目标，这个"引"字也会因此少了应有的魅力和趣味。

还是从第二十回开篇说起。"宋江别了刘唐，乘着月色满街，信步自回下处来。却好的遇着阎婆，赶上前来叫道：'押司，多日使人相请……'"作者没等宋江回到"下处"，便使阎婆将他当街拦住，要拉他去见女儿婆惜。

从情节设置来看，宋江在路上"却好的遇着阎婆"，在辞别刘唐之后，即刻转入与阎婆母女的冲突，避免了任何节外生枝的可能，正所谓"引"字之本义。但此后我们看到的，并不是宋江随阎婆去见婆惜，而是两个人站在街头，演出了一场"推""拉"口舌战。宋江一而再、再而三地推辞拒绝不肯去，阎婆则再三、再四连说带劝拉他去。作者不厌其烦，一一写出，直到宋江无奈地说："你放了手，我去便了。"

宋江当晚无意见婆惜，然而写他再三推辞，不是为了再三申明他不想见婆惜；阎婆工于心计，巧舌如簧，然而写她再三再四的劝说，也不是为了反复展现她的心机和舌辩。如此谋篇布局，只为不欲"急"而"直"地奔向既定目标。

还应该顺便说到的是，在这场口舌战中，宋江三番推辞，语气各不相同：先说"改日却来"，是无意相见，婉言推辞；再说"明日准来"，是无心纠缠，姑且承诺；又说"你不要缠"，是心生懊恼，严词拒绝。同样，阎婆四次劝说，言辞亦各有别：先说"小贱人有些言语高低，伤触了押司，也看得老身薄面，自教训他与押司陪话"，是以责怪女儿相劝；再说"这个使不得。我女儿在家里，专望押司，胡乱温顾他便了，直恁地下得"，是以责怪宋江相劝；又说"外人说的闲是闲非，都不要听他"，是以责怪旁人相劝；最后说"押司便误了些公事，知县相公不到得便责罚你"，是以奉承宋江相劝。

一段两个人的街头口舌战，言语往复之间，竟可以有如此多的语气转换和言辞变化，腾挪跌宕，意趣盎然。若是径直奔向目标，这一切妙处都将无处存放。

万萬賈

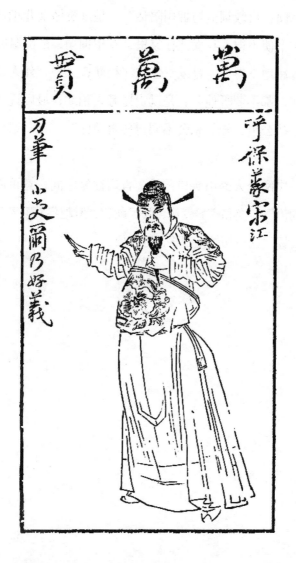

守保蓼宋江

刀筆小吏人爾乃好義

满满筛一碗酒来

（第二十二回　横海郡柴进留宾　景阳冈武松打虎）

武松来到景阳冈下，望见一家小酒店，门前酒旗上写着："三碗不过冈"。而武松却在这里畅饮了十八碗。这一段豪饮故事并不复杂，但作者却娓娓道来，写得有层次、有节奏，行文如流水，平缓急湍互见；布局如峰壑，高低起伏不同。

最初的三碗，是店家按规矩送上来的。

店家将三只碗放在武松面前，先将一只碗筛满酒，武松喝罢，店家再筛满另一碗。武松一碗一碗地喝，店家一碗一碗地筛，作者一碗一碗地写。每饮一碗，都有一番赞词，或是武松赞叹，或是店家自夸。饮一碗，赞一番，不仅写了好酒，更写了喝酒人的好心情。酒好更兼心情好，事遂心意，叙事语调自然平和从容，不徐不疾。

为什么是"三碗"？这个问题原本可以不问，或者说，这原本不是问题。因为小说家言，不必如韩文杜诗，无一字无来处。但这是"常理"，而大家落笔，往往不循"常理"，只求一个"趣"字。所以，酒旗所书"三碗不过冈"，字面上是劝人莫贪杯，内里却是夸自家酒好。"三"固然是数词，但有时看作是名词或形容词也许更贴切。《道德经》说："道生一，一生二，二生三，三生万物。"汉许慎《说文解字》说："三，天地人之道也。"可见在汉语语境中，"三"是个有故事的数字。景阳冈下，"三碗"之后，便有了许多故事。

随后的九碗是武松争来的。

三碗之后，武松已经没有细细品酒的兴致，只是一个好酒自当多饮的心思。何谓多？作者说是九碗。在汉语语境中，"九"为"至阳之数"，恰与武松意兴飞扬、豪情畅饮的情势相合。在这里，"九"是数词，也是形容词。说它是形容词，是说作家写下"九碗"之数，并非出于纪实之心，实乃泛言其多；说它是数词，是说武松每"三碗"连成一气，又喝了三个"三碗"。这固然是写武松其人非寻常之辈，但更值得珍重的，却是从叙事态度里流露出的一个"趣"字。酒旗上写着"三碗不过冈"，这里偏要三碗之后再喝它三个三碗，看能怎地！以"三个三碗"与"三碗"相映成趣，虽是信手拈来的闲笔，却透着作家叙事的轻松、从容，因而意趣盎然。

十二碗酒下肚，武松取出些碎银子，问店家"还你酒肉钱毂么？"武松要付钱结账了，情势为之一缓。偏偏店家要给武松找零钱，只听武松高声叫道："不要你贴钱，只将酒来筛。"情势又为之一紧。情势愈紧，店家愈不知退让，偏要细算出若将余钱筛酒来，还要再喝五六碗，引得武松大喊道："我又不白吃你的！休要引老爹性发，通教你屋里粉碎！把你这鸟店子倒翻转来！"将情势、节奏推向紧迫的顶点。

最后的六碗酒，几乎是武松用拳头抢来的。为什么是"六"？"六"从"三"来，"六碗"从"三碗"来。《易传》云："兼三才而两之，故六。六者非它也，三才之道也。"天道有阴阳，地道有刚柔，人道有仁义。三六九之数，貌似含着一个"理"字，其实只为一个"趣"字。

豪饮十八碗的情节，不过是武松打虎的一个铺垫。但施耐庵却借着十八碗酒，写出了情势和节奏的变化。节奏，作为一种审美对象，存在于一切艺术样式中，只不过表现形式有所不同罢了。叙事作品的节奏，在于叙事的疏密、详略，情节推进的快慢、疾徐。所谓"文章气势"，所谓"文似看山不喜平"，都是在强调叙事的节奏感。没有节奏，就没有艺术的生命。

手脚都苏软了

（第二十二回　横海郡柴进留宾　景阳冈武松打虎）

　　武松的形象塑造，"打虎"占有很重的分量。但若细究，小说中直接描写人虎相搏的文字，其实不过七百余字。只是在作者笔下，七百余字的人虎相搏，却包括了防御、相持、反攻三个阶段。

　　"防御"是武松连续"闪"开了大虫的一扑、一掀、一剪。"相持"是互有攻防。先是武松攻击大虫：武松"双手轮起哨棒，尽平生气力只一棒，从半空劈将下来"，结果却打在了枯树杈上，枝叶纷飞，哨棒也折成两截；再是大虫攻击武松："大虫咆哮性发起来，翻身又只一扑，扑将来"，结果是"武松又只一跳，却退了十步远"。"反攻"才是武松按住了大虫，"提起铁锤般大小拳头，尽平生之力，只顾打"。

　　三个阶段攻防有别，错落有致，但始终有一种"气"贯穿其中，这个"气"就是武松的英武神勇之气。清人姚鼐曾这样论文章之美："其得于阳与刚之美者，则其文如霆，如电，如长风之出谷。如崇山峻崖、如决大川、如奔骐骥。"武松与大虫人虎相搏的"三部曲"，无论是文章风格，还是人物形象，都堪称"得于阳与刚之美者"。

但是，作者写"武松打虎"，不是只有英武神勇之气，不是只有"得于阳与刚之美者"。

醉酒的武松走上景阳冈，酒力发作，刚刚躺倒在大青石上，"只听得乱树背后扑地一声响，跳出一只吊睛白额大虫来。武松见了，叫声：'阿呀！'从青石上翻将下来"，"武松被那一惊，酒都做冷汗出了"。原来，英雄也有惊出一身冷汗的时候。

武松打死了猛虎，想着把死虎拖下山去，"就血泊里双手来提时，那里提得动？原来使尽了气力，手脚都苏软了"。原来，英雄也有力尽的时候。

脂砚斋在评点《红楼梦》时曾说，"真正美人方有一陋处"。他的意思不是要借"美人"抬高和仰视"陋处"，似乎若非真正美人，便不配有此"陋处"。他提出的，是一个在艺术创作中点石成金、化"陋"为"美"的问题。即"陋处"也可以进入人们的审美视野，成为美的一部分。那么，"陋"可以化为"美"的原因何在呢？

法国新古典主义理论家布瓦罗的一段话有助于我们理解这个问题。他认为，人物不应该是十全十美的，而应当是有缺陷的。他写道："在他的形象里见到这点白圭之玷，人们就欣喜，在这里认识到自然。"

可见，"陋"所以能化为"美"，所以能成为审美对象，并非是人们特别欣赏那些"白圭之玷"，或是偏爱"美人"的那一点儿"陋处"，而是因为透过这些"陋处"，透过这些"白圭之玷"，人们可以感受到艺术的现实性，获得人物的真实感。

武松的英武神勇是"得于阳与刚之美者"，而惊出一身冷汗和"手脚都苏软了"，其本身并不是美，可算是武松英武神勇形象的"一陋处"。但是，写出这些特定情境中的心理和生理状态，就增强了人物形象的现实性、真实感和生动性，让读者从中"认识到自然"。而这正是美之根源。

跌得个"发昏章第十一"

（第二十五回　偷骨殖何九送丧　供人头武二设祭）

在叙事的过程中，随机插入作者的议论，即所谓夹叙夹议手法。赞赏这种手法的人认为，夹叙夹议可以使文章精辟简练，富于哲理思辨色彩，有利于深化主题。鄙薄这种手法的人认为，让作者出面直接说出自己的意图，说明作者既不相信读者能够通过艺术形象理解其内涵，也不相信自己塑造的艺术形象能够准确地表达和揭示主题。

施耐庵如何处理这个问题呢?

在"武松斗杀西门庆"一节中，我们看到了施耐庵运用夹叙夹议手法的实例。在这场惊心动魄的斗杀中，当武松把西门庆从酒楼上打落到街心时，作者加入了这样一段话："那西门庆一者冤魂缠定，二乃天理难容，三来怎当武松神力，只见头在下，脚在上，倒撞落在当街心里去了，跌得个'发昏章第十一'。"

施耐庵选择了人物行动充分展开、矛盾冲突达到白热化程度、读者心弦紧绷的时刻，插入自己的议论。选择这样一种时机，有两个好处。其一，人物行动充分展开的时候，也是最易于领会情节和人物内涵意蕴的时候，适时插入议论，可以引导读者思考人物、领会情节；其二，此时插入议论，可以打断或迟滞情节的发展，把读者从紧张的情感体验和对情节后果的密切关注中唤醒，因为沉浸在情感体验之中，便无暇思考和回味人物行为的动机和意义。这与德国戏剧家布莱希特的"间离"理论有相通之处。

中国古代小说中，常见夹叙夹议手法，这里有历史的原因。中国古代小说发端于"说书"和"话本"艺术，"话本"是说书人所依据的底本。这个"说话人"也就是现代小说中隐含着的叙述人，因为"说话人"是和听众面对面，所以他不但要叙述故事情节，还要与听众发生现场交流。这种交流通常表现为对故事情节、主题内涵乃至人情世故的议论阐发或对书中人物的褒贬评说。

随着历史的发展，小说从面对书场听众的讲说形式，逐步演化为面向个人阅读的文本形式，现场的"说话人"演化为隐含的"叙述人"，"说话人"和听众之间的现场交流不再需要了。但是，在现代小说中，作者对故事主题内涵的阐发、对人物的评说，并没有全然成为过去。这其中既有传统影响的因素，也有语言艺术深层本质的规范和制约。简单地说，从古代"话本"到现代小说，"叙述人"对面虽然没有了听众，但作者心中依然存在一个预设的"潜在读者",交流的需要并未改变,改变的只是实现交流的方式。

看来,施耐庵对小说中的"夹叙夹议",采取了接受的态度。不过,小说中的"议论",其实是有高下之分的。

施耐庵笔下的这段议论,先是关于情节、人物和主题内涵的阐释与评价,落笔在西门庆被打落街心的三个缘由上,是围绕某种"道理"展开的议论。议论若止于此,的确不甚高明。高明的议论,是"议"而有"趣","论"而含"情"。眼前这段议论是"有趣"和"含情"的,这种"趣"和"情",是将西门庆何以被打落街心的议论,结束在一句充满戏谑调侃意味的俗语上:"跌得个'发昏章第十一'"。俗语仿《孝经》章节划分的句式,如"开宗明义章第一""天子章第二"等等,取义"十"为满额足数,"十一"则超限过甚。"跌得个'发昏章第十一'",戏言西门庆因跌落街心而"发昏","昏"而至极,"昏"过了头。此句一出,议论便从"论理"转向"打趣",转向了情感评价。

武松忍耐不住

（第二十七回　武松威镇安平寨　施恩义夺快活林）

"天明起来，才开得房门，只见夜来那个人，提着桶洗面汤进来，教武松洗了面，又取漱口水漱了口；又带个篦头待诏来，替武松篦了头，绾个髻子，裹了巾帻。又是一个人，将个盒子入来，取出菜蔬下饭，一大碗肉汤，一大碗饭。"就是以如此笔法，施耐庵在《水浒传》第二十七回中，用了一千多字的篇幅，依次记载了武松初到安平寨牢营头三天的生活起居，包括饭菜酒茶、晨洗暮浴的详细情节。对如此一篇不胜其烦的"流水账"，将以"妙笔"观之？拟或视为"败笔"？

先放下《水浒传》，读一段《诗经》。

《诗经·风雨》篇云："风雨凄凄，鸡鸣喈喈。既见君子，云胡不夷。风雨潇潇，鸡鸣胶胶。既见君子，云胡不瘳。风雨如晦，鸡鸣不已。既见君子，云胡不喜。"诗中的姑娘见到了日夜思念的爱人，忐忑的心情平定了，久病的身子痊愈了，心中充满了喜悦，并且是愈想愈喜，愈品愈甜，眉头心头都是笑。这种情感特点，选择了诗歌反复吟哦、回旋复沓的形式特征。诗中回旋复沓的形式美，固然在于它强化了诗歌的节奏感和韵律感，但更重要的是，这一语言形式，准确地表达了情感内容和情感特点。

回过头来，再读施耐庵笔下的"流水账"。

一篇文字的好坏，要以内容需要为尺度。从后面的故事发展来看，武松替施恩夺回快活林的行为动机是报恩，所谓"无功受禄，寝食不安"。以"流水账"的形式表现武松"无功受禄"的过程，不仅可以充分展现武松"寝食不安"的心理活动，还可以让读者和武松一起体会"忍耐不住"的心路历程，有了这种心理和情感准备之后，"武松醉打蒋门神"的行动，就显得真实、自然了。

这样看来，这一篇"流水账"大可以"妙笔"观之。

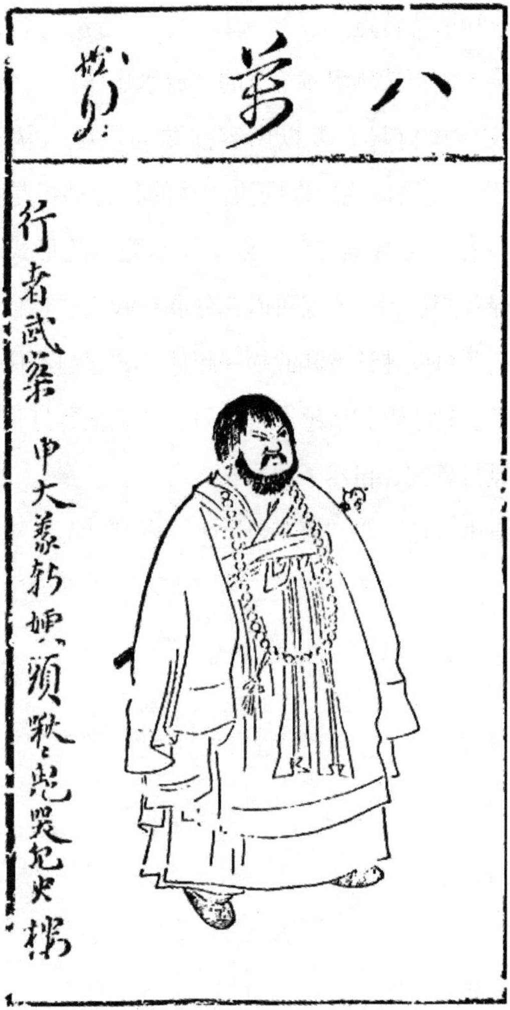
八萬
行者武松
申大義於嫂須歎兒哭花火樹

一只大黄狗赶着吠

（第三十一回　武行者醉打孔亮　锦毛虎义释宋江）

　　《水浒传》第三十一回："武行者醉打孔亮　锦毛虎义释宋江"。从回目上可以看出，继"血溅鸳鸯楼""夜走蜈蚣岭"之后，此回书中，将以"醉打孔亮"收结武松故事。然而，细读"武行者醉打孔亮"会发现，真正为武松故事作结的，并不是"醉打孔亮"，而是"醉打黄狗"。

　　施耐庵写武松酒醉，离开酒店，沿溪而走：

　　　　走不得四五里路，傍边土墙里，走出一只黄狗，看着武松叫。武行者看时，一只大黄狗赶着吠。武行者大醉，正要寻事，恨那只狗赶着他只管吠，便将左手鞘里掣一口戒刀来，大踏步赶。那只黄狗绕着溪岸叫。武行者一刀砍将去，却砍个空，使得力猛，头重脚轻，翻筋斗倒撞下溪里去，却起不来。黄狗便立定了叫。

这段文字有两处是值得回味的。

首先，那只黄狗是如何闯进故事里来的？笼统地说，黄狗的出现，是不期然而然，冷不丁地就闯进了故事。但若详加区别，这只黄狗真正进到故事里，其实是经过了一个包括三个层次的过程。并且，这三个层次又分别从不同的视角来一一写出。

作者第一笔先写"傍边土墙里，走出一只黄狗，看着武松叫"，这是从故事叙述者的视角去描写。在故事叙述者的客观视角中，武松和黄狗被置于同一场景中，但此时醉酒的武松和狂吠的黄狗之间，还只是一种空间关系，黄狗还不能算是闯进了故事。

作者第二笔写"武行者看时，一只大黄狗赶着吠"，这是从武松的视角去写，是武松眼中看到的。黄狗的狂吠引起了醉酒行者的注意，他们之间开始形成一种对象关系。

作者第三笔又写"恨那只狗赶着他只管吠"，这是从武松的内心感受去写。一个"恨"字，表明醉酒的武松和狂吠的黄狗之间，形成了特定的情感关系。只是在这个时候，那只黄狗才真正闯进了故事里。同样，武松也才有了拔刀要砍的充分理由。

现代小说叙事学中有所谓"叙事视角"的理论，将人物与作者、作者与叙事者、全知视角与次知视角，一一区分研究。不意在《水浒传》中，古典作家对"叙事视角"的理解，已然如此精深。

其次是，为什么要让一只黄狗闯进来？

从人物描写上看，一只黄狗闯进来，引得武松拔刀去砍，是写武松醉酒。从情节链条上看，醉酒的武松杀狗不成，跌落在溪水中，遂被孔家兄弟捉去。金圣叹评点《水浒传》则以为，"武松酒醉一段，又何其寓意深远也"。其一，写打虎英雄也有失手于黄狗的时候："盖借事以深戒后世之人，言天人如武松，犹尚无十分满足之事，奈何纭纭者。"其二，写英雄持刀追杀黄狗："皆喻古今君子，有时忽与小人相持，为可深痛惜也。"其三，写英雄跌倒在溪水中爬不起来："不止活画醉人而已，喻言君子用世，每每一蹶之后，不能再振，所以深望其慎之也。"

其实，金圣叹想得太多了。武松追杀一只黄狗，无需如此发挥微言大义。在描写了武松打虎的威武神勇之后，再写一段武松打狗的憨实笨拙，乃是一种情节结构上的"闲笔"，用意只是两段故事恰可相映成趣。小说要有"趣"。这个"趣"，不是内容上的媚俗猎奇，也不是语言上的插科打诨，作家叙述中的从容不迫、结构上的举重若轻，都能令小说意趣盎然。

献于大王做醒酒汤

（第三十一回　武行者醉打孔亮　锦毛虎义释宋江）

　　《水浒传》第三十一回，宋江与武松分手后，独自去投奔花荣。路过清风山时，被一条绊脚索绊倒，杀出十四五个伏路小喽啰，将宋江押回山寨，捆绑在将军柱上，要剖出心肝做醒酒汤。

　　宋江是《水浒传》的主要人物，是梁山泊一百单八将中坐头把交椅的人物，断不会没上梁山，便死在清风山的将军柱上。并且，三十一回回目"武行者醉打孔亮　锦毛虎义释宋江"，也明言了此回书中宋江性命无虞。正是在读者清楚地知道宋江没有性命危险的情况下，施耐庵却执拗地、一根筋似的要写宋江面临着性命危险。

　　还不仅如此。作者更把宋江面临的所谓"险境"，分作了三个层次，一层紧似一层地写下来。

　　第一个层次是宋江被捆绑在将军柱上。在这个层次中，宋江的险境是小喽啰们人人喊杀，而作者文心与笔法的细腻表现为，小喽啰们不是简单、笼统地喊杀，而是具体地设计了何时杀、何以要杀以及如何杀，所谓："大王方才睡，且不要去报。等大王酒醒时，却请起来，剖这牛子心肝做醒酒汤，我们大家吃块新鲜肉。"

第二个层次是"大王"登场。在这个层次中，宋江的险境是三位头领对于杀这牛子做醒酒汤并无异议，等于是同声喊杀。大头领锦毛虎燕顺听了"献于大王做醒酒汤"的话，一面喊好，一面又吩咐"快去与我请得二位大王来同吃"。二头领矮脚虎王英更是迫不及待："孩儿们快动手，取下这牛子心肝来，造三分醒酒酸辣汤来。"作者谋篇布局的巧妙表现为，借着三位头领的喊杀，不仅加剧了宋江所面临的"危机"，同时完成了三位头领的出场介绍。

第三个层次是刽子手登场。在这个层次中，宋江的险境就是那把出了鞘的、明晃晃的剜心尖刀。而作者细节刻画的功力表现为，在行刑前的那个短暂时间里，连续的细节描写，形成了一个密集的、步步紧逼的细节群："只见一个小喽罗，掇一大铜盆水来，放在宋江面前。又一个小喽罗卷起袖子，手中明晃晃拿着一把剜心尖刀。那个掇水的小喽罗，便把双手泼起水来，浇那宋江心窝里。"在连续写出的三个细节之后，金圣叹连批了三个"怕"字，而作者意犹未尽，又加上一句议论："原来但凡人心，都是热血裹着，把这冷水泼散了热血，取出心肝来时，便脆了好吃。"凛凛地透着寒气的细节描写，忽而又化作了黑色幽默。

单纯从情节发展的角度看，每个层次的起始处，都可以是宋江跳脱险境的机会，但作者却偏偏拖延着，不使宋江报出自家姓名。这种"拖延"，需要细节描写的能力来支撑，需要合理的场景和生动的细节，去填充因"拖延"而延展的时间和空间。在小说中，特别是在长篇小说中，作家的笔跟着故事情节跑并不难。相对困难的，倒是让环环相扣的故事情节停下来，给人物、细节、语言等文学要素留出展现魅力的空间。

飞也似独自一个去了

（第三十四回　石将军村店寄书　小李广梁山射雁）

　　杀刘高，破清风寨，收秦明、黄信之后，从情节发展和人物境遇的角度看，宋江"逼上梁山"的客观条件已经成熟。果然，在得知官军将征剿清风山时，宋江献计："自这南方有个去处，地名唤做梁山泊，方圆八百余里，中间宛子城、蓼儿洼。晁天王聚集着三五千军马，把住着水泊，官兵捕盗不敢正眼觑他。我等何不收拾起人马，去那里入伙？"

　　此前，宋江曾有多次"上梁山"的机会，但主动表达"上梁山"的意愿，此乃第一次。

　　也许就因为是第一次，所以注定了宋江此番仍然上不了梁山。也许就因为宋江此番仍然上不了梁山，所以，作者用了细腻的笔墨，去写宋江如何"收拾人马"上梁山。

　　所谓笔墨"细腻"，首先是细细地描写了宋江调拨安排的缜密周到。比如人马要分作三起下山，路上须扮作征剿梁山的官军以及哪个先行、哪个做第二起、哪个随在后面，桩桩件

· 119 ·

件，不厌其详，一一写出。

不仅如此，笔墨的细腻还表现为，在小说故事情节的描写中，作者以互文手法，为我们呈现出一种宛若诗词"联语"的对仗、复沓之美。先是在清风山，宋江鼓动、安排了花荣、秦明、黄信、燕顺、王矮虎、郑天寿上梁山。途经对影山，宋江又鼓动、安排了吕方、郭盛上梁山。清风山为"上联"，对影山为"下联"。上联详写宋江鼓动之辞，下联则略写。上联详写三队如何分，略写何以要分作三队；下联则详写何以要分作三队，略写三队如何分。

对仗之美、复沓至妙，原是诗歌艺术中的审美要素，移用于此，则在两个相邻的情节单元之间，呈现出同中有异、异中有同的对仗之美、复沓之妙。这种不避重复的细腻笔墨，对于表现宋江的决意上梁山，既有情节渲染之用，更有人物刻画之功。

情节的"拐点"是石勇传书。

得知父亲病故，停丧在家。宋江捶胸顿足，自骂道："不孝逆子，做下非为，老父身亡，不能尽人子之道，畜生何异！"到这里，宋江的"上梁山"戛然而止，匆匆留下一封书信，介绍兄弟们自去投奔梁山泊，自己"恨不得一步跨到家中，飞也似独自一个去了"，似乎一直在等一个可以转身离去的机会。

在梁山一百单八将中，宋江是内心世界最为复杂的一个，是"忠"与"义"的矛盾复合体。按照福斯特在《小说面面观》中提出的小说人物分类理论，一百单八将中多为"扁平人物"。可以称作"圆形人物"的，只有宋江。金圣叹在点评《水浒传》时，对宋江颇多贬斥，称其"虚伪""奸诈"，其实是因为他未能真正理解人物的矛盾性。

宋江回到家中，才知道是父亲谎称病故。实因朝廷大赦，宋太公想要儿子回来投案，了结这场官司。免掉了死罪的宋江，更是满心的"忠孝"，把"上梁山"的念头撇了个干干净净。

我多与你些银两

（第三十六回　没遮拦追赶及时雨　船火儿夜闹浔阳江）

荀子曰："积土成山，风雨兴焉；积水成渊，蛟龙生焉。"荀子以此"劝学"，讲的是"不积跬步，无以至千里"的道理。其实，人物形象塑造的过程，也同样可以采用"积土成山""积水成渊"的办法。

在《水浒传》的人物群像中，宋江形象的典型化过程有别于林冲、武松、鲁智深等人。相对而言，宋江的故事不够集中，情节的独立性、完整性差，主要是靠了"积土成山""积水成渊"的办法，靠了积累细节形成形象的办法完成的。

在宋江的形象塑造中，有两个重要特征，一个是"忠"字，一个是"义"字。但"忠""义"都是抽象的，在小说中，需要表现为具体的人物行为和心理，表现为情节、场面和细节。

先说"义"字。在《水浒传》中，"义"可以是"拔刀相助"，可以是"两肋插刀"，也可以是"仗义疏财"。宋江的"义"，就具体地表现为仗义疏财，说白了，就是遇事肯花钱。

宋江刺配江州，一路上挥金如土。见一个使枪棒卖膏药的身手不凡，便赠他五两银子，由此结识了病大虫薛永；揭阳镇穆家投宿时，宋江先就说了"来早依例拜纳房金"；逃到浔阳江边，求艄公摆渡时，先说"俺与你几两银子"，情形紧迫时，又说"你快把船来渡我们，我多与你些银两"；到了江州，更是大鬼小鬼都拜到。作者不厌其烦，将这些银子开路的情节一一写出，三十六回中，就有十余处。当然，作者不是絮絮叨叨地把一句话重复十余次，而是在不同的情节过程中，从不同的角度，去反复表现人物性格的主要特征。

宋江遇事肯花钱，这一方面写出他深谙世故，深知"有钱能使鬼推磨"；另一方面，又写出宋江不贪小利，懂得"千金散尽还复来"。遇事肯花钱，待人能行方便，这就使他在平均主义思想浓厚的下层社会和农民义军中，获得了很高的威信。梁山好汉个个讲义气，但每个人的"义"字各有其不同的表达方式。写出宋江遇事肯花钱的特点，就写出了独属于宋江的"义"字。

以众多的细节反复展示人物的性格特征，无疑可以增强作品的形象性和生动性。又由于这些细节取自于不同的角度、不同的情境之中，因而又有助于增强作品反映社会生活的丰富性。可以说，在细节的积累中完成人物形象塑造，丝毫不逊色于在曲折复杂的故事情节中塑造人物。

在宋江身上，"义"字是渗透在人物言行、细节和场面中的，是日常性、习惯性的思维方式，是不自觉和不假思索的行为方式。比较而言，宋江身上的"忠"字，则是人物的深思熟虑的自觉意志，是对生存环境与命运洞察体悟之后的价值选择，是去除了随意性和日常性因而极具仪式感的大政方略，表现为"受招安"的运筹谋划，表现为竖起"替天行道"的杏黄旗，表现为改"聚义厅"为"忠义堂"。

敢笑黄巢不丈夫

（第三十八回　浔阳楼宋江吟反诗　梁山泊戴宗传假信）

　　浔阳楼上，刺配江州的宋江"依阑畅饮""不觉沉醉""临风触目，感恨伤怀"。乘着酒兴，提笔在粉壁上写下一首《西江月》：

　　自幼曾攻经史，长成亦有权谋。恰如猛虎卧荒丘，潜伏爪牙忍受。

　　不幸刺文双颊，那堪配在江州。他年若得报冤仇，血染浔阳江头。

　　写罢，意犹未尽，再续一首七言绝句：

　　心在山东身在吴，飘蓬江海谩嗟吁。

　　他时若遂凌云志，敢笑黄巢不丈夫！

对宋江的这两篇诗词，金圣叹点评说："写出宋江言发于衷，奇文突兀。"明人李贽眉批称："吟饮情事，写得稠叠生动，事在眼中，情余言外。"明人余象斗评点说："诗中尾句，结而有味，何等英雄。嗟吁二字，觉有惊人。"虽然历代评家称赞有加，但认真地说，这两首诗词的"好处"，不在诗词本身。

《西江月》词述宋江生平，生动形象。或概括、或比喻，遣词用字稳、准、狠，刻画见骨，几近于尖刻。然而却显见出是一种冷眼旁观，而非夫子自道。是施耐庵手笔，而非宋江所作。在小说中，作者假人物之口、之手赋诗、填词，固然是塑造人物的重要手段，但须从人物心中流出，以人物为叙事抒情视角，为人物立言。若以宋江的性格特征和自觉意志来看，刺配江州其实是宋江在特定情境下的自主选择，在"梁山泊落草"和"刺配江州"之间选择后者，符合宋江一贯的性格。所以，来到江州的宋江，不会自比为"潜伏爪牙忍受"，更无心去想象"血染浔阳江头"。

比较起来，倒是七言绝句与人物性格、遭际以及酒后狂狷情态更为贴切。首句朴素直白，却也是命运遭际的写实。二句是对命运的感慨，露出满怀委屈、不甘和无奈。三句陡然一转，借着酒力，将前句中的一丝不甘，膨胀为"凌云志"。醉卧云头的宋江在末句中自许"敢笑黄巢不丈夫"，应该是可信的。毕竟，他早已动过"上梁山"的念头。

把诗词写到小说中去，是中国古代小说的一大特点。常见的有两种情况，一是诗词出自小说人物之手，这时，小说中的诗词是透露和刻画人物内心世界的手段。二是诗词出自小说叙事人之手或是话本说话人之口，这时，小说中的诗词是概括故事情节、提炼作品主旨的手段。前者成就最高的，莫过于《红楼梦》中林黛玉的《葬花吟》；后者最著名的，当属《三国演义》开篇所引杨慎词《临江仙·滚滚长江东逝水》。

　　从诗词在小说中发挥的作用这个角度来看，"浔阳楼宋江吟反诗"，当然有着刻画人物的意义，但究其初心，"宋江吟反诗"的情节设置，是为了给故事情节的发展注入新的推动力，由"吟反诗"引出"文字狱"，引出"劫法场"，引出宋江死心塌地上梁山。这样看来，"浔阳楼宋江吟反诗"在情节结构上的作用是第一位的，这或者可以看作是以诗词入小说的第三种功用。

这三卷"天书"，必然有用

（第四十一回　还道村受三卷天书　宋公明遇九天玄女）

　　宋江初上梁山，想着把父亲接来奉养。于是独自下山，前往郓城宋家村。不料家中早被官府监视，"日间夜里，一二百士兵巡绰"。宋江"转身便走"，慌乱中却走进了还道村。还道村"团团都是高山峻岭，山下一遭涧水，中间单单只一条路"。宋江想要转身，追赶的官兵已经堵住了路口。故事发展到这里，所需要的条件一一具备了，包括：宋江独自下山，官兵设伏追捕，误入还道村，还道村进出只有一条路，路口被追兵堵住了。总之，宋江只身陷入危境。

　　危境之中，宋江慌忙躲进还道村玄女庙，揭起帐幔，钻进神厨里，苦于无计脱险，"身体把不住簌簌地抖"。就在追兵"揭起帐幔，五七个人伸头来看"时，"只见神厨里卷起一阵恶风，将那火把都吹灭了，黑腾腾罩了庙宇，对面不见"。原来是九天玄女显灵，救了宋江，并送他三卷天书。宋江望着妙面娘娘的塑像，寻思道："这三卷'天书'，必然有用。"果然，这三卷天书后来多次让宋江化险为夷。

在古代小说中，关于神仙鬼怪的描写，大概可以分为以下几种情况。

一种情况多见于早期志怪小说中，在当时人们的认知中，阴阳两界、神鬼人事，都是真实存在的。在作者笔下，写人写鬼，都是写实。用鲁迅的话说，"盖当时以为幽明虽殊途，而人鬼乃皆实有，故其叙述异事，与记载人间常事，自视固无诚妄之别矣"。这种情形，今天大约只能在文学史中遇到了。

另一种是借鬼魅世界写人情世故，其中的神仙鬼怪个个都是"人性"十足的。譬如"《聊斋》说鬼狐，即以人事之伦次、百物之性情说之。说得极圆，不出情理之外；说来极巧，恰在人人意愿之中"，这是清人冯镇峦在《读聊斋杂说》中的评说。鲁迅先生也认为《聊斋》里的"花妖狐魅，多具人情，和易可亲，忘为异类"。如此说鬼神狐怪，因其植根于现实的土壤之中，往往具有长远的生命力。

第三种情况是借神鬼图解因果报应的观念。鲁迅先生概括为"记经像之显效，明应验之实有，以震悚世俗，使生敬信之心"。这种从观念出发，以福祸果报为叙事逻辑的鬼神描写，正如清人李渔所说："涉荒唐、怪异者，当日即朽。"

《水浒传》中九天玄女显灵的描写，其实是着眼于故事情节的一种叙事技巧。当故事情节陷入困境，无法遵循现实逻辑、合情合理地向前发展时，便有神仙显灵、鬼怪作法，以非现实、超现实的逻辑，推动情节的发展。可以算是神鬼描写的第四种情形。

应该说，施耐庵是深知在矛盾冲突中塑造人物这一艺术原则的。但是，任何艺术手段和原则，都不能无限膨胀，当它超出特定的范围时，就会走向自己的反面。把人物放在冲突、危机和困境中，固然有利于人物刻画，但并非冲突越激烈、危机越深重，人物塑造就越成功。当人物被推到了非人力可以克服的危机和困境之中时，当非有神力介入便无法实现危机的缓解和情节的逆转时，事情就走到了反面，神性将会淹没人性，神秘感将淹没现实感。

在小说艺术发展成熟的今天，已经没有谁愚昧到去请一个神仙为人物救急解围了。但是，依靠神性十足的人物，解决现实世界里的矛盾，以此掩盖自己见识的浅薄和功力的羸弱，仍然时有所见。所以，讨论一下施耐庵的败笔，还是颇有必要的。

不要杀我，我说与你

（第四十五回　病关索大闹翠屏山　拼命三火烧祝家庄）

石秀杀死头陀和裴如海后，与杨雄定计，借口去岳庙上香还愿，将潘巧云和丫鬟迎儿引至翠屏山。在石秀、杨雄横刀逼问下，潘巧云、迎儿坦白了和裴如海的奸情。随后，杨雄先杀迎儿，再杀潘巧云，"病关索大闹翠屏山"到此收场。

"病关索大闹翠屏山"算不上水浒故事中的精彩章节。就故事本身而言，我们固然不会对古人提出尊重妇女以及女性权利的要求，但即使是一个诛杀奸夫淫妇的故事，和武松斗杀西门庆相比，无论是"石秀智杀裴如海"，还是"病关索大闹翠屏山"，都显得豪气不足而戾气太重。

放下作者的观念问题不谈。在这个环节中，潘巧云和丫鬟迎儿分别叙述了和裴如海偷情的过程，这是两个人从不同的角度，对同一事件的叙述，读来颇有意味。

先是迎儿的叙述。迎儿从如何陪夫人去报恩寺僧房中吃酒、看佛牙说起，继而说如何按照夫人的吩咐，去后门外摆放香桌为暗号，说夜里如何接裴如海进来，天不亮又如何放他出去，夫人如何以首饰、衣裳相赠，劝她顺从了和尚，又如何让她去杨雄面前诬告石秀等等。

然后是巧云的叙述。巧云从两年前裴如海起意勾引自己说起，继而说做道场那天和尚如何眉目传情，如何引诱调戏，又说裴如海如何逼她劝诱迎儿，如何教唆她离间杨雄、石秀等等。

迎儿和潘巧云的叙述各包括十一个细节。金圣叹评点说："迎儿说一遍，巧云又说一遍，却句句不同，迎儿所说皆是事，巧云所说皆是情也。"金圣叹的点评是有道理的，但"事"与"情"之间并没有一条非此即彼的界线。迎儿所说皆是"事"，巧云所说何尝不是"事"？只是迎儿不去理会"事"后面的"情"，而巧云却格外在意和"事"牵连在一起的"情"。虽然那所谓的"事"，可能只是一句问候，或者只是一次眉眼顾盼。

迎儿和巧云的两次叙述，不仅有"事"与"情"的不同，还有人物身份的不同。在迎儿叙述的十一个细节中，迎儿自己是被动的，事事听命于潘巧云，是丫鬟下人的身份。在潘巧云叙述的十一个细节中，潘巧云自己是主动的，她从一开始就明了裴如海的用心，面对引诱，她半是鼓励，半是顺从，是偷尝禁果的夫人身份。

但这些不同还都属于人物身份、性格、命运和心理内容的差异。除此之外，还有一种叙事视角的不同。迎儿所述，只限于迎儿自己所见、所闻、所为。潘巧云所述，也只限于潘巧云自己所见、所闻、所为。以人物的视角展开叙事，这在现代小说叙事策略中被称为"次知视角"或"限知视角"。

在中国古代小说中，常见的是第三人称的"全知视角"叙事。全知视角的长处是故事的叙述人有很大的自由空间。过去、现在、未来，人间、天堂、鬼蜮，无论是众目睽睽下的故事，还是密室独处的行为，抑或是内心深处的活动，叙述人无所不知。但全知视角也有局限。在全知视角叙述中，叙述人和作者是难以区别的，或者说是合二为一的。而在很多时候，把叙述人和作者区分开，恰恰是一种艺术需要。唐代诗人温庭筠《梦江南》词云："梳洗罢，独倚望江楼。过尽千帆皆不是，斜晖脉脉水悠悠，肠断白蘋洲。"就是以人物视角叙事，强化了情感的亲历性。翠屏山上，以当事人迎儿和潘巧云的视角叙述事件，对杨雄来说，是无可置疑的铁证。对石秀来说，也是最好的洗白。

李应亲自写了书札

（第四十六回　扑天雕两修生死书　宋公明一打祝家庄）

　　"三打祝家庄"是一篇大文章。所以能称得一个"大"字，当然得益于故事情节的曲折、跌宕。"一打"败绩，败于敌情不明；"二打"再败，败于祝、扈联盟；"三打"得胜，不仅胜在孙立里应外合，更胜在祝、扈联盟瓦解，胜在知己知彼。这些因素成功地营造了故事情节的曲折性。但是，如果只有这些的话，"三打祝家庄"的故事就少了些生动性。

　　曲折性描述的是情节线索上各个环节之间的关联性，生动性描述的则是某一个环节自身的丰满性。小说写作的通病是，当作家专注于各个环节之间的关联性时，常常会无暇顾及单个环节自身的丰满性。而施耐庵的艺术功力，则不仅表现在能把一个攻城略地的故事结构得一波三折，更表现在不为情节线索所牵制、所缠绕，能脱身跳出，凝心静气地去刻画人物。

　　在"一打祝家庄"之前，施耐庵先写了"扑天雕两修生死书"。从故事情节的关联性上看，"李应修书"这一环节，起因是管家杜兴引荐，杨雄登门求助，要搭救被祝家庄掳去的时迁。后经由祝彪拒绝放人、羞辱信使更射伤李应等情节，最终导致了李家庄与祝家庄的联盟破裂。可见，"修书"环节是情节结构的需要，不可或缺。

然而，施耐庵笔下的"修书"环节，却是"两修生死书"。同样内容的一封书信，何以要一修、再修呢？换言之，作者需要为我们展示"两修生死书"的合理性。

从叙事层面看，第一次修书，是门馆先生代笔修书："李应教请门馆先生来，商议修了一封书缄，填写名讳，使个图书印记。"第二次修书，是李应亲笔书写："急取一幅花笺纸来，李应亲自写了书札，封皮面上，使一个讳字图书。"显然，比起门馆先生代笔来，亲笔书信更恳切，更见诚意。这可以看作是所以"两修生死书"的合理性。

但更为深刻的原因，应当从人物心理内容中去寻找。只有在人物的内心世界中，才能说明何以会先有"代笔"，后有"亲笔"。

李应第一次致书祝家庄，是因为管家杜兴引荐，杨雄登门求救。此时，李应完全是置身事外的，"修书"救人，其实是给管家杜兴一个脸面、一个人情。所以，请门馆先生代笔，也在情理之中。

然而，书信送出，时迁却未能救回。这个结果是李应始料未及的："他和我三家村里结生死之交，书到便当依允，如何恁地起来？"在众人面前，这个结果未免让李应有些下不来台，但其内心却是不肯服软，不肯咽下这口气的。于是，他一面责怪送信的副主管"必是你说得不好，以致如此"，一面又亲笔写了第二封信，要杜兴"自去走一遭，亲见祝朝奉，说个仔细缘由"。

第二封信送出去的时候，李应已然是置身事中了。这不仅是因为"亲笔"比"代笔"介入得更深，还因为在第一封书信被拒绝之后，李应修书的心理背景改变了。第一次修书的心理背景是送管家杜兴一个人情面子，第二次修书则是在思虑、关注着自己在祝家父子眼中的分量和地位。正是因为李应把自己摆了进去，所以，当得知第二封书信再遭拒绝，特别是杜兴回话证实了祝家父子对自己的轻慢与蔑视之后，李应勃然大怒，"心头那把无明业火高举三千丈，按捺不下"，遂披甲挺枪，到祝家庄前勒马挑战。

至此，李应从一个事不关己的局外人，一步一步地进入到事件的核心，这之间，李应的心路历程、心理情感的变化，祝家父子的性格特征、行为方式，无不借由"两修生死书"一一揭示出来。可以说，没有"扑天雕两修生死书"，"宋公明一打祝家庄"就难免会干瘪许多，单薄许多。

王矮虎是个好色之徒

（第四十七回　一丈青单捉王矮虎　宋公明两打祝家庄）

　　"宋公明两打祝家庄"包括诸多情节。开篇是收结"一打祝家庄"，宋江在石秀接应下突出盘陀路；继而是收结李、祝联盟，引出扈家庄和一丈青扈三娘；随后转入"两打祝家庄"的阵前搏杀。这场搏杀可以分为三个单元：先是一对一的单打独斗，从王矮虎迎战一丈青开始，继而是欧鹏对一丈青、马麟对祝龙、秦明对祝龙、一丈青对马麟、欧鹏对栾廷玉、邓飞对栾廷玉、栾廷玉对秦明；第二个单元是穆弘、杨雄、石秀、花荣混战栾廷玉、祝龙、祝彪；最后是一丈青追杀宋江和林冲擒拿一丈青。

　　真正的阵前搏杀，刀锋所向，性命所系，分分秒秒都是惊心动魄的，但写在纸上就未必尽然了。特别是古典小说对阵前搏杀的描写，往往充斥着大同小异的场景、模式化的语言，对读者的吸引力、震撼力和感染力，早已消磨殆尽。

　　在"宋公明两打祝家庄"的阵前搏杀中，给人留下深刻印象的，不是一丈青追杀宋江，虽然宋江是一方统帅；不是林冲擒拿一丈青，虽然这场搏杀中，最为神勇者莫过于林冲。给人留下最深印象的，是"王矮虎迎战一丈青"。

"王矮虎迎战一丈青"，所以能在一片混战中卓尔不群，给人深刻印象，是因为他们的交战反映了人物的性格，或者说他们打出了性格。

先看王矮虎如何出战。宋江看见一员女将，"轮两口日月双刀，引着三五百庄客，前来祝家庄策应"，说道："刚说扈家庄有这个女将，好生了得，想来正是此人。谁敢与他迎敌？"宋江话犹未了，"只见这王矮虎是个好色之徒，听得说是个女将，指望一合便捉得过来，当时喊了一声，骤马向前，挺手中枪便出迎敌"。两军阵前，生死相搏之际，刚刚"听得说是个女将"，就"指望一合便捉得过来"。单单是这个出战的心理动机，就把王矮虎从一群战将中区分出来了。

再看王矮虎如何交战。"两个斗敌十数合之上，宋江在马上看时，见王矮虎枪法架隔不住。原来王矮虎初见一丈青，恨不得便捉过来，谁想斗过十合之上，看看的手颤脚麻，枪法便都乱了。不是两个性命相扑时，王矮虎却要做光起来。""做光"者，眉目调情也。王矮虎的阵前做派，激怒了一丈青扈三娘，一丈青"心中道：这厮无理！便将两把双刀，直上直下砍将入来"。王矮虎不敌，拨马欲逃，却显然是迟了。只见一丈青"轻舒粉臂，将王矮虎提脱雕鞍"，紧接着

"众庄客齐上，横拖倒拽，活捉去了"。"王矮虎迎战一丈青"，真可以用《牡丹亭》里的那句戏词来描绘，叫作"牡丹花下死，做鬼也风流"。

其实，小说描写王矮虎好色，并不始于迎战一丈青。早在清风山时，就曾有抢了刘高的妻子，要做压寨夫人的前科，这一次只是越发不顾死活了。作者抓住王矮虎好色的性格特征，设计了"迎战一丈青"的情节，鲜明的人物性格成就了一场独特的生死搏杀，而这场独特的阵前搏杀，又是对于人物性格的生动的细节刻画。

九十萬貫

黑旋風李逵

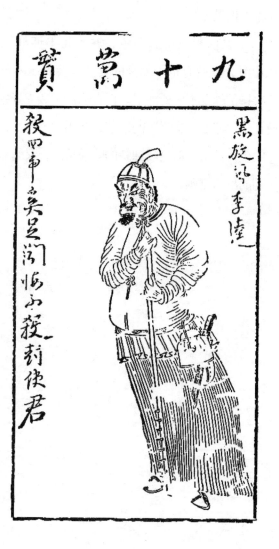

殺四軍呉旦閻惜必殺荊使君

留下李大哥在我这里

（第五十一回　李逵打死殷天锡　柴进失陷高唐州）

一百单八将各有自己的经历和遭遇，这决定了小说不能沿着一条情节线索蜿蜒曲折、贯穿到底，只能分别描写不同人物的不同命运，使不同性格、不同命运的人物，从五湖四海走到一起来。于是，如何从一个人物的故事转向另一个人物的故事且浑然一体、不留痕迹，就成了作者不能忽略、读者不肯忽略的问题。

小说第五十一回起首处，正是说罢朱仝故事，转向柴进故事的关联点。如何才能转折自然、全无痕迹呢？施耐庵的手法是借"余波"翻"新浪"。

所谓"余波"，是朱仝故事中李逵与朱仝之间的怨恨矛盾。为了让朱仝离开沧州府上梁山，李逵杀了由朱仝照看的小衙内，以滥杀无辜的手段断其后路。《水浒传》中这种滥杀无辜的情节，素来为人所诟病，同时也有违作品"官逼民反"的创作主旨。从现实性的角度看，这个细节或许真实地揭开了社会历史残酷性的一角。在一个草菅人命的专制社会中，底层民众如李逵，固然是专制制度的受害者，但同时也扮演着专制主义施暴者的角色。当然，揭示专制社会底层民众身上的这种"双重性"，并不是《水浒传》作者的主体意识。不过，从人物关系的角度看，李逵对小衙内的虐杀，直接导致了朱仝与李逵的不共戴天、不能相见和不肯同行。

由于这种矛盾，朱仝誓不与李逵同行："若有黑旋风时，我死也不上山去！"于是柴进想了个两全之策："恁地也却容易。我自有个道理，只留下李大哥在我这里便了。"于是，朱仝随吴用、雷横上梁山，李逵留在了柴进庄上。所有这些，都是上回故事的"余波"，但不仅仅是"余波"。或者说，更重要的不是"余波"，借"余波"全为翻"新浪"。

所谓"新浪"，是柴进故事中的"李逵打死殷天锡"。李逵在柴进庄上闲住了一个月，一日，柴进接到书信，因为殷天锡仗势欺人，霸占花园，叔叔柴皇城"呕了一口气，卧病在床。早晚性命不保"。得知消息，柴进决定去高唐州探视，李逵道："既是大官人去时，我也跟大官人去走一遭。"来到高唐州，为替柴皇城报仇，李逵"拳头脚尖一发上"，打死了仗势欺人的殷天锡。

没有朱仝与李逵之间的矛盾，李逵不会留在柴进庄上，也就没有机会随柴进去高唐州，更不会打死殷天锡，当然，也就没有了"柴进失陷高唐州"的故事。这就是"余波"与

"新浪"的关系。

从五十回的朱仝故事，到五十一回的柴进故事，其间转折之妙，始于"留下李大哥"。李大哥留得合理，故事的转折也就自然顺畅。不急于结束前面的情节，正是为了更快地进入后面的情节，表面上前面的故事尚未完结，实际上后面的故事已经开始了。唐代诗人韩翃《送客水路归陕》诗云："枕上未醒秦地酒，舟前已见陕人家。"以此描绘施耐庵的情节转折艺术，当是极贴切。

且休烦恼

（第五十一回　李逵打死殷天锡　柴进失陷高唐州）

一部《水浒传》，不知写了大大小小多少人物，其中有主要的，也有次要的，还有一些连姓名也没有的过场人物，比如柴进的婶婶，只依着柴进叔叔的名字，称作"柴皇城的继室"。

主要人物唯其主要，自然占据着充分的艺术空间，作者也必然呕心沥血、精心刻画。相比之下，对那些没有姓名的过场人物，则可能掉以轻心，或者因其仅仅只是"过场"，竟使作者无用武之地。

施耐庵写过场人物，只几句话却写得栩栩如生。第五十一回，柴进来探视病危的柴皇城，"坐在榻前，放声恸哭。皇城的继室出来劝柴进道：'大官人鞍马风尘不易，初到此间，且休烦恼。'"柴皇城终于不支，嘱柴进报仇，"言罢便放了命"。"柴进痛哭了一场，继室恐怕昏晕，劝住柴进道：'大官人烦恼有日，且请商量后事。'"这中间有三点是值得赞赏的。

一是简练。作者没有为"柴皇城的继室"这一过场人物开辟独立的活动空间，没有中断故事情节的进程，没有增加人物线索的头绪，只在已有的情节线索中，增添两处劝慰柴进的细节，就完成了这一过场人物的塑造。

二是准确。丈夫病危、丧命，做妻子的不仅没有哀痛悲伤，反而屡屡劝慰侄儿"且休烦恼"。只此一种行为、一句话，极准确地写出她与柴皇城的情分不深，果然是"继室"的身份、地位和心态。

三是有机统一。无论怎样简练、生动的场面，如果与整体无关，也仍是败笔。相反，在一个过场人物的几笔描绘中，写出"继室"对柴皇城情分不深，同时就写出了柴进亲赴高唐州的必要性、必然性。而随后的柴进身陷高唐州，又是《水浒传》中的一个大关目。这样看来，"柴皇城的继室"虽是过场人物，却是整个情节构成的一个有机部分。

"且休烦恼"一句话，竟蕴含了许多深意，能不细细品味之？

只是得一个做伴的

（五十二回　戴宗二取公孙胜　李逵独劈罗真人）

　　梁山义军攻打高唐州，久攻不克，遂派戴宗去蓟州寻访公孙胜前来助战。戴宗道："小可愿往，只是得一个做伴的去方好。"清人金圣叹于此作批语说："非院长怕途中寂寞，正耐庵怕文章寂寞也。"金圣叹所见极是。

　　寻访隐居的公孙胜，倘若得来全不费功夫，一则与"隐居"二字不合，二则文章也少了起伏；但若写得踏破铁鞋无觅处，苦苦寻他不到，文章则难免拖沓乏味。当代影视剧中，常有拿着照片，四处追寻查找出走之人或在逃疑犯的情节，编导也深知此处无戏，但又不能不写，每每以无声的画面快速闪跳剪接，点到为止。想来，今天编导们的苦恼，施耐庵当年也曾遇到过，只是他没有采取点到为止的办法绕开这个难题，而是请李逵和戴宗做伴，迎难而上。于是，一段极可能是寡淡无味的寻人过程，变得诙谐幽默，摇曳多姿。

　　在整个寻人的过程中，作者没有穿插离开寻人情节的意外枝节，一切打破平淡的变故，都从李逵的独特性格和人物间的特定关系中生发出来。

李逵贪吃酒肉，有违一路只吃素食的承诺，引得戴宗小示惩戒；李逵忍不住饥饿，始有素面店里拍案大吼的场面，而惹恼了同桌吃面的老者，却意外得知了公孙先生下落；李逵鲁莽，黑夜上山去砍杀罗真人，却只是砍掉了两只葫芦。

可以这样说，在最后请得公孙胜下山助战之前，作者的笔墨不是用在"找谁"上，而是用在了"谁找"上。"找谁"是读者早已知道的，不再关心了。"谁找"则不同，戴宗、李逵去找，自有戴宗、李逵的找法。正是这个独特的"找法"，是读者所不知道的、所关心的。当然，没有一个性格独特的人物和戴宗同去，这"找法"也就缺了独特性。

也许今天的影视剧编导们应该重读《水浒传》，从中学点儿什么。比如找人，放下"找谁"，在"谁找"上做做文章。

把那桌子只一拍

（第五十二回　戴宗二取公孙胜　李逵独劈罗真人）

　　戴宗、李逵到蓟州寻访公孙胜，第一天没有结果，第二天仍无踪迹，第三天直寻到晌午时分，李逵忍不住腹中饥饿，两人走进一家素面店，巧遇一位同桌吃面的老者，竟是公孙胜的邻居，戴宗叹道："踏破铁鞋无觅处，得来全不费功夫。"

　　无巧不成书。戴宗所说的"踏破铁鞋无觅处，得来全不费功夫"，就是所谓"书"中之"巧"。这种"巧"不是小说家的花招，如果一定叫作"花招"的话，这种"花招"是一种小说叙事方式，是从生活中来的，用一句文学理论的术语说，它与现实生活存在一种"异质"而"同构"的关系。

　　"巧遇"作为一种叙事方式，是存在现实依据的。但在具体运用这种方式时，最忌突兀地、没来由地、人为地捏合在一起。"巧遇"的最佳境界是，相遇尽可以不期然而然，但相遇的那一刻所以能够出现，却是有理有据、有迹可循的。如果不能水到渠成，失了自然之致，那仍然是小说家偷懒甚至是无能的表现。

施耐庵并非无能，也不肯偷懒。为了让戴宗、李逵自然而然地与老人"巧遇"并使他开口说话，作者早早埋下了伏笔。上路之时，戴宗早与李逵有约，此去寻访公孙胜，一路上只能吃素。这一天走得肚子饿了，两人走进了素面店。这一笔，是承前，也是启后。晌午时分，素面店里食客正多，所以不得不和一位先到的老人同桌而坐。接下来的一连串细节描写，无不指向一件事：让陌生人说话的合理性。作者先将笔墨集中到李逵身上，写李逵饿极了，独自要吃六碗面；次写等了半日不见送面来；三写见人把面端到里面去了；四写店家端来一碗面放在了同桌的老人面前；五写那老人也不谦让，拿来便吃。此情此景之下，以李逵的性格，难免急躁，难免"把那桌子只一拍，溅那老人一脸热汁"，终于引得老人愤怒、抱怨、牢骚。这时，作者又将笔墨转向戴宗，如同只有毛躁的李逵才能引得同桌老人开口一样，也只有精细的戴宗才能从老人的抱怨中，隐隐觉出那个"踏破铁鞋无觅处"的公孙胜要出现了。

读"巧遇"的故事，不觉得有假，不觉得作戏，原因就在此前的一系列伏笔、铺垫，已使"巧遇"变成了不由他不相遇。

一把锁锁着门

（第五十三回　入云龙斗法破高廉　黑旋风下井救柴进）

戴宗、李逵在蓟州找到了入云龙公孙胜，照理说就该径奔高唐州，以救宋江久攻不克之急。然而施耐庵却忙里偷闲，写李逵去买枣糕，借此机会，又插入一段李逵义结汤隆的故事。

汤隆是个铁匠，他在水浒故事中的"用武之地"，是打造钩镰枪。不过，那要等到公孙胜助宋江攻克高唐州、震动朝廷、呼延灼兵剿梁山时，钩镰枪才能派上用场。李逵义结汤隆的时候，不惟高唐州未破，呼延灼未来，就连公孙胜也还未到宋江军中。此时，正坐在小酒店里，苦苦等着李逵买枣糕回来。这大概就是古人所称道的"伏笔千里"吧。

其实，文章伏笔并非越远越好。就以李逵义结汤隆来说，其目的是为打造钩镰枪做伏笔。眼下看似不急，然而一旦公孙胜来到宋江军中，克高唐、杀高廉，情节发展势如破竹，自然无暇插入无关情节。而朝廷震惊、呼延灼发兵，笔墨更是离开了梁山泊。及至笔锋转回到梁山义军，就到了请徐宁上山、以钩镰枪破连环马的时候。倘若此时才一并去请用枪的徐宁和造枪的汤隆，无疑显得过于仓促匆忙了。相反，在公孙胜未到宋江军中时，设下李逵义结汤隆的伏笔，待到呼延灼连环马杀来时，由造枪的汤隆举荐用枪的徐宁，岂不是自然天成？所以，好的伏笔总是看似远在千里之外，其实已是迫在眉睫了。

"千里"与"眉睫"，说的是"时间"上的分寸拿捏。"空间"上的分寸拿捏，是把"不经意间"四个字吃透。于"不经意间"埋下伏线，笔墨一定是克制、收敛的，不纠缠，不拖沓延挨，不节外生枝。在李逵义结汤隆的描写中，闹市中汤隆曾问李逵大名，试想，若在闹市中说出"梁山泊黑旋风李逵"几个字，该有怎样一番热闹？作者懂得收敛笔墨，李逵也就懂得了避而不答，却反问道："你家在那里住？"待来到汤隆家时，又写"一把锁锁着门"，简洁明了地道出汤隆并无家室老小，为汤隆上山聚义省却多少烦琐和牵挂。

李逵引过汤隆来

（第五十三回　入云龙斗法破高廉　黑旋风下井救柴进）

汤隆拜了李逵为兄，匆忙间也顾不得喝三杯淡酒以表结拜之意，便随李逵投奔梁山而去，为日后打造钩镰枪、大破连环马埋下了伏笔。

照常规写法，伏笔既已埋下，便可不再提及，直到启用这条线索时，顺手拈来即可。当然，这样一来，伏笔的功能也就成了单一的，仅仅是伏笔而已了。具体到李逵义结汤隆，照常规方法处理，其目的和意义，就仅仅是打造钩镰枪。

然而在《水浒传》中，施耐庵并没有按照常规的方法，从此按下汤隆，打造钩镰枪之前不再提起。相反，见到公孙胜时，写李逵"引过汤隆拜了公孙胜，备说结义一事"；见到戴宗时，再写"李逵引着汤隆拜见戴宗，说了备细"；来到宋江军中，见到义军众头领时，三写"李逵引过汤隆来参见宋江、吴用并众头领等"。

作者一而再、再而三地写"李逵引过汤隆来""备说结义一事"，其用意固然是要让汤隆与众人相见、相识，但同时也要借屡屡引荐汤隆，刻画李逵的天真性格和喜悦心情。清人金圣叹曾对李逵屡屡引荐汤隆的描写点评道："活写出新得兄弟分外快活来。看他如此倥偬之际，只知得意自家新有兄弟全是一派天趣。"所论极为贴切。但金圣叹接着又说："然其实描写李逵得意处，却都是遮掩其倒插之法耳。"就不免牵强了。

金圣叹的意思是，作者突显李逵的"得意"，是为了"遮掩"汤隆出现的突兀。其实，如前所述，汤隆以"伏笔"的方式在此时出现，有着情节发展的必然性，并不需要刻意"遮掩"。所以，李逵的"得意"与汤隆的出现之间，不是消极的"遮掩"与"被遮掩"的关系，而是一种更积极的构思。从情节发展的角度看，汤隆这个人物的出现，是打造钩镰枪的伏笔；从人物刻画的角度看，李逵对汤隆的屡屡引荐，不过是在打造钩镰枪之前，先借他"打造"李逵的性格形象而已，是对"伏笔"功能的积极拓展。

只不见柴大官人一个

（第五十三回　入云龙斗法破高廉　黑旋风下井救柴进）

有了公孙胜助战，宋江再次攻打高唐州。一番激烈厮杀后，终于克敌制胜。

这个"克敌制胜"，是一个没有悬念的、预料之中的结果。虽然文章之法，追求情理之中、意料之外，但在攻克高唐州这件事上，在经历了前番挫折之后，读者当不会再有"意料之外"的期待和要求了。

然而施耐庵的构思却又不同。

于是，我们就看到了这样的故事。宋江攻克高唐州，直奔大牢去救柴进，"那时当牢节级、押狱禁子已都走了，止有三五十个罪囚，尽数开了枷锁释放。数中只不见柴大官人一个"。

寥寥数语，道出一个始料不及的结果，为连日厮杀作结。其妙处，不仅在于以一个意料之外的情节归结上篇，还在于以悬念手法开启下文。试想，果真不见柴进时，连日厮杀还有什么意义呢？故事由此转入寻找柴进，实乃顺理成章。

但是，如果作者的"构思"，只是用一个"意料之外"，顺理成章地完成故事情节的自然转换，从能否攻克高唐州，转换到能否找到柴大官人，从一个悬念转换到另一个悬念，那么，这个小说"构思"的魅力就不免减少了许多。因为在一场激烈的厮杀结束之后，不仅情节需要推进，情感节奏也需要变化——变紧张为舒缓，化严峻为轻松。在情节的自然转换中，让故事呈现出迥然相异的情感节奏和审美特质，才能满足读者在阅读中美感体验要求变换的心理需求。

为了达到这一目的，作者没有用过多的篇幅去渲染寻找柴进的曲折性，而是把笔墨集中在李逵下井救柴进的描写上。

先写李逵下井时心存顾虑："我下去不怕，你们莫要割断了绳索。"再写李逵在井下找到了柴进，却怕救起柴进后，众人会把自己撇在井下不管，故而自己爬进笋筐，独自上去了。三写李逵再次下井，救起了柴进。四写柴进被救出枯井，李逵却在井底下发喊大叫："你们也不是好人，便不把笋放下来救我！"众人只顾着柴进，果然忘了井下的李逵。

李逵下井前的顾虑，似乎毫无道理；及至不幸而言中，似乎又并非毫无道理。李逵下井前表明了自己的顾虑，吴用笑他"忒奸滑"；后来实际发生的情形，似乎却是"奸滑"得还不够。李逵所虑，确有居心"奸滑"的一面，但于"奸滑"之中，又透出朴实与憨厚。在这里，作者的笔墨不是用在了找人上，而是用在了人物性格描写上。读者不是在寻找柴进的情节悬念中再次体验紧张、焦虑和关切，而是在李逵的性格世界中，品味他的可笑的"奸滑"以及因此而更可爱的憨厚。这种伴随着情节发展而出现的新的审美特质、新的情感节奏，不是寻找柴进的故事情节带来的，而是由李逵的性格刻画提供的。寻找柴进的情节设计，不过是为李逵性格世界的呈现，提供了一口枯井、一个场景、一次机会。

我自有调度

（第五十四回　高太尉大兴三路兵　呼延灼摆布连环马）

小说离不开叙事。叙事之道，首要的当然是清晰明了。但小说是语言的艺术，语言而又成为艺术，就不只是把一件事情说清楚，还要说得有章法、有意味。

比如《水浒传》第五十四回，前半部写"高太尉大兴三路兵"，其中调兵选将、校场操演、枢院议兵、领取甲杖、关发粮赏，直到太尉点视、三路兵马出城，人物、事件交代得有条不紊、层次井然，间或有埋伏照应之处，然而就小说叙事而言，大体不过"清晰明了"四字。而后半部"呼延灼摆布连环马"一段，却写得颇见功力，这有三点表现。

首先，"呼延灼摆布连环马"固然要以连环马为核心，但上来就说连环马，感觉上不免突兀；说完连环马便戛然而止，感觉上又不免单薄。为了避免连环马的故事孤零零地无所呼应，在布局上，作者先写一段"纺车阵"铺垫于前，又写一段"擒凌振"摇曳于后，使一段厮杀文字颇具"凤头""猪肚""豹尾"之势。

其次，虽然"纺车阵""擒凌振"是为呼应"连环马"的故事而精心设计的，但在情节线索上，又必须具有必然性，不可露出人为痕迹。呼延灼兵剿梁山，宋江以"纺车阵"应敌，擒获官军先锋大将韩滔，正欲乘胜追击时，却遭遇呼延灼的"连环甲马"，梁山义军受挫，官军掩杀过来，途遇水泊受阻，"非得火炮飞打"，由此引出炮手凌振。事事相因，环环相扣，如春暖花开，如潮退沙平，颇有自然之致。

坦白地说，为一个核心故事设置一事铺垫于前，再有一事摇曳于后，其实并不困难。较为困难的是将若干事件组织得自然流畅、浑然一体、不可分割。然而，这对于有一定艺术造诣的作家来说，也并非难不可及。更高的境界是在故事情节层面之上，进一步造成一种耐人咀嚼的韵味。这也正是"呼延灼摆布连环马"一节颇见功力的第三点所在：试看"纺车阵"与"擒凌振"两件事，前者是精心策划、周密部署，是严肃认真的正剧；后者则轻松便利、手到擒来，是形同儿戏的喜剧。一庄一谐，趣味各异，但却有一个共同点，就是有效地发挥着调节、平衡读者阅读心理的作用，从而使这样一篇描写英雄败北的文字，不致过于沉闷、过于黯淡。

行文至此，想起宋江在得知官军征剿消息时，曾从容说道："我自有调度。"此言正可为作者的叙事笔法写照。

禁城地面，并无小人

（第五十五回　吴用使时迁偷甲　汤隆赚徐宁上山）

　　为了盗取徐宁祖传的雁翎甲，时迁先到徐宁住宅周围踏勘了一番，回到下榻的客店，"分付店小二道：'我今夜多敢是不归，照管房中则个。'小二道：'但放心自去，这里禁城地面，并无小人。'"

　　小说中人物对话的功用，大致不外乎三个方面：塑造人物性格，组织推动情节发展，交代背景材料。然而这段对话却似乎难以确定其功用何在。

　　不错，这段对话完全是房客语、店家语，完全符合房客、店家的身份、关系。但从根本上说，时迁不是一个初出家门、小心翼翼、生怕丢了行李的房客，房客只是他的临时身份。所以，这段对话对于时迁的性格塑造意义不大。从情节发展的角度看，这段对话既不是此前情节的结果，也不是此后情节的原因，即使从情节的完整性上说，这段对话也不是必不可少。人物对话的另一个功用，是为了让读者从人物的对话中，了解事件的现状、背景，理解人物的心理和行为。而这段对话并不负担让读者从中了解什么的任务，因为此时此刻，读者甚至比对话的双方知道得还要多些。

那么，这岂不是一段废话！

或许就是废话，但这段废话里有一点儿妙趣。时迁嘱咐店小二照看房间，以免失窃，而他自己却正是要外出行窃；店小二说京城地面，并无行窃小人，却不知对面此人，正是一位梁上君子。这是一种幽默，幽默未必有用，然而却有趣。

看戏剧、看电影、读小说，常常觉得那里面的人物活得很累，他们不开口便罢，一开口则每句话都是有用的，都是重要的，不是国人缺少幽默感，是写对话的人恨不得笔下人物句句微言大义、字字充满哲理，人物对话的负担太重。活人如果这样说话，岂不累死？

当然，有许多成功的人物对话，都具有一箭双雕，甚至一石三鸟的效果。但这并不等于说，人物对话的负担越重越好。事实上，能够忙中偷闲，腾出手来写一点儿似乎难以确认其功用的对话，例如像施耐庵笔下时迁与店小二的对话，还是一个作家文笔从容、洒脱、不胶柱、不拘泥的表现。

正应如此藏兵捉将

（第五十六回　徐宁教使钩镰枪　宋江大破连环马）

　　古代小说中的战斗场面，大都是将军对杀，动辄百十回合不分胜败，及至"大军掩杀过去"时，已是战斗的尾声了。如此写法，倒也重点突出、详略得当。然而"宋江大破连环马"的战斗场面却与众不同。这场战斗的重心，不是将对将的拼杀，而是三千连环甲马与五七百钩镰枪手、十队诱敌步兵之间的搏杀。如何写得重点突出、详略得当，确是要看作者闪展腾挪的功夫。

　　战斗初始，作者的描写不囿于一隅，忽而写伏兵四起、摇旗呐喊，忽而写连珠炮、子母炮声威大作，忽而又写连环甲马分兵东突西撞，粗线条地勾勒出战场景观。及至搏杀白热化，作者则以白描手法，集中写连环甲马冲进败苇折芦、枯草荒林之中，被钩镰枪钩倒，"那挠钩手军士一齐搭住，芦苇中只顾缚人"。"只顾"二字，写尽钩镰枪下连环马纷纷落网之态。战斗临近尾声时，作者从十队诱敌步军中拈出三队，写其先后拦斗呼延灼，而另外七队兵士则尽数消失在硝烟背后、呐喊声里了。宋江调兵布阵时，吴用曾说"正应如此藏兵捉将"，以称赞宋江的摆兵布阵，若借以称赞作者笔法，也觉相宜。

赵执信《谈龙录》，记清人戏剧家洪升与诗人王士祯论诗，洪升说："诗如龙然，首尾爪角鳞鬣，一不具，非龙也。"王士祯则笑道："诗如神龙，见其首不见其尾，或云中露一爪一鳞而已，安得全体？"洪升与王士祯其实各有深意，是非曲直，姑且不论。施耐庵写大破连环马的笔法，正是王士祯所谓"云龙现爪"的方法，窥一鳞一爪而知全龙，见三队两队拼斗而知十队、八队搏杀，"云龙现爪"的笔法，无疑使文章更为含蓄、精练，这正是作者精于布局、巧于裁剪之处。

但并非唯少是好。"云龙见爪"，然而爪为何姿？"见其首不见尾"，然则首为何态？这就要求作者心中有全龙，对施耐庵笔下的"大破连环马"来说，就是心中有整个战场。心中有整个战场而不必将战场的每个角落一一写出；若心中无全龙，欲凭一鳞一爪投机取巧，则无论怎样精雕细刻，也无法让人感到有神龙腾跃。

俺是出家人

（第五十八回　吴用赚金铃吊挂　宋江闹西岳华山）

　　金圣叹评点《水浒传》时，伪称依据古本，对小说做了多处删改。许多修改是为原作增色的，但也有不如不改的"败笔"。

　　《水浒传》一百回本第五十九回开篇，叙鲁智深在华州府衙被贺太守拿住，太守喝问："谁教你来刺我？"鲁智深的答话是："俺是出家人，你却如何问俺这话？"随后又说："洒家又不曾杀你，你如何拿住洒家，妄指平人？"及至贺太守要动大刑时，鲁智深才大叫道："不要打伤老爷！我说与你：俺是梁山泊好汉花和尚鲁智深。我死倒不打紧，洒家的哥哥宋公明得知，下山来时，你这颗驴头趁早儿都砍了送去！"而在金圣叹删改的七十回本中，鲁智深不等贺太守问话，便大怒道："你这害民贪色的直娘贼！你敢便拿倒洒家！俺死亦与史进兄弟一处死，倒不烦恼！"继而笑骂怒斥、一泻千里，痛快固然痛快，但如此一改，却改成了另一个鲁智深。

西方接受美学注重研究读者的阅读心理，提出了"阅读期待"的概念，认为作品最后完成于读者的阅读中。并且，读者并非消极、被动地接受作品，相反，他是带着一定的"期待视野"去阅读的，由于不同的读者有着不同的"期待视野"，所以西谚有云："有一千个读者，就有一千个哈姆雷特。"从这个意义上说，在删改《水浒传》的过程中，作为原作读者的金圣叹，对鲁智深这个人物的理解，完全可能不同于施耐庵。但无论怎样理解，人物自身的完整性和统一性是必不可少的。所以，在如何理解一个人物形象的问题上，我们无意指责金圣叹，但在如何保持人物自身的完整性和统一性上，金圣叹是留下了遗憾的。

从《水浒传》全书来看，鲁智深并不纯然是条莽汉，他遇事固然爱逞勇，但也懂得用谋，是个粗中有细的人物。当初搭救金老父女时，因为他粗中有细，他曾盯死在店门前"坐了两个时辰"，为的是让金老父女走得远些。后来在大相国寺初遇那群泼皮时，又因为他的粗中有细，使他看破了对方来者不善的歹意，故而不肯靠近粪池。此时，在华州府衙，依然是粗中有细的鲁智深，断不肯早早摆明自己的真实身份。金圣叹百密一疏，一笔改下去，竟使鲁智深只记得"俺是梁山好汉"，却忘了"俺是出家人"，人物的内涵、意蕴、魅力也因此减色不少，岂不可惜！

望见那西岳华山

（第五十八回　吴用赚金铃吊挂　宋江闹西岳华山）

　　古典小说中的景物描写，远不像近代小说中那样俯拾皆是，然而少则少矣，却极有特色。在《水浒传》"宋江闹西岳华山"一节中，有一段景物描写，宋江、吴用一行五人站在山坡上察看华州府城防："正是二月中旬天气，月华如昼，天上无一片云彩。看见华州周围有数座城门，城高地壮，堑壕深阔。看了半晌，远远地也便望见那西岳华山。"

　　这段景物描写的时间、背景，正值宋江兵临华州城下，剑拔弩张，大战在即。此时此刻，忙里偷闲，插入一段月光山色的景物描写，确能使文笔节奏有张有弛，无怪乎清人金圣叹赞道："偏向刀枪剑戟林中写得花明月媚。妙笔，妙笔。"但这里的笔法之妙，并不只是张弛有致。另一点妙处，须将这段景物描写放在整个故事当中，才能看得明白。

　　宋江打华州，原想强攻力夺，后来是吴用设计，智擒华州太守，使华州城不攻自破。吴用计之所出，全在钦差大臣宿太尉华山降香上。从强攻到智取，情节上的转折点，就是宋江、吴用一行五人夜勘华州城防。那段景物描写，正起着承上启下的过渡作用。所谓"承上"，它描写了华州城防"城高地壮""堑壕深阔"，易守不易攻；所谓"启下"，它于不经意间引我们抬眼一望，"望见那西岳华山"，那里正是宿太尉降香处。

在中国古典小说中，我们几乎找不到像巴尔扎克那样的对城市建筑和居室陈设的精确描写，也找不到像屠格涅夫那样的对自然原野风光的生动描绘。在巴尔扎克和屠格涅夫的小说中，他们的景物描写在某种意义上具有独立的价值，而在中国古典小说中，景物描写的意义和价值不是独立的，它更多地带有"手段"的色彩，被严密地组织在整个故事中。我们常说，中国古代小说故事性强，一个重要的原因，就是小说中的各种因素（不仅仅是景物描写），都是在整个故事中获得自己的价值，在整体的结构中发挥自己的作用。这与中国艺术传统中"一切景语皆情语"的思想有关，也是"天人合一"观念在艺术世界中的一种具体表达。

孔明摆石为阵之法

（第五十九回　公孙胜芒砀山降魔　晁天王曾头市中箭）

　　在《水浒传》中，"公孙胜芒砀山降魔"只能算是个小故事。它前面是"宋江闹西岳华山"，后面是"晁天王曾头市中箭"，在两篇笔法写实的故事之间，插入一个情节虚幻的降魔故事，以求区隔，以求变化。这是小说叙事中常用的结构手法，并无特别新奇之处，有趣的倒是这个小故事的构成方式。

　　"公孙胜芒砀山降魔"的故事十分简单。史进攻打芒砀山，首战失利。宋江、公孙胜亲往阵前料敌，"望见芒砀山上都是青色灯笼"，公孙胜便说："此寨中青色灯笼，便是会行妖法之人在内。我等且把军马退去，来日贫道献一个阵法，要捉此二人。"

　　公孙胜献出的"降魔阵法"，"是汉末三分，诸葛孔明摆石为阵之法"。《三国演义》"孔明巧布八阵图"一回，述诸葛孔明在鱼腹浦摆石为阵，东吴大将陆逊闯入阵中，为凛凛杀气所困，不得"生门"而出。在三国故事中，"八阵图"一节充满着神幻色彩，也是小说神化诸葛孔明的发力点之一。在"公孙胜芒砀山降魔"故事中，"孔明摆石为阵之法"成为情节构成的最重要的支点。同时，引用"八阵图"的典故，对于刻画公孙胜的仙风道骨，也有着重要意义。

"用典"也称"用事"，是诗词写作中常用的手法。引事用典，寄情托怀，取言短意长之功效。诗词中的用典，有明用，如辛弃疾《贺新郎·别茂嘉十二弟》："易水萧萧西风冷，满座衣冠似雪。正壮士、悲歌未彻。"典出荆轲《易水歌》："风萧萧兮易水寒，壮士一去兮不复还。"有暗用，如刘长卿《送李穆归淮南》："扬州春草新年绿，未去先愁去不归。"典出淮南小山《招隐士》："王孙游兮不归，春草生兮萋萋。"有反用，如毛泽东《卜算子·咏梅》词，就是"读陆游咏梅词，反其意而用之"。

公孙胜摆布"八阵图"，就引事用典而言，当属明用。而金圣叹在《水浒传》点评中进而指出："因明用八阵，便又暗用借风、七纵一事以陪之。耐庵文心之巧如此。"

金圣叹所说的"暗用借风、七纵一事以陪之"，分别是指"芒砀山降魔"中的两个关节。

其一，两军交战中，混世魔王樊瑞施起妖法，一时间"狂风四起，飞沙走石，天昏地暗，日色无光"。公孙胜却"借着那风"施起道法，令风势"尽随着项充、李衮脚跟边乱卷"，"四边并不见一个军马，一望都是黑气"。公孙胜的"借风斗法"，让人想起"诸葛亮借东风"。

其二，项充、李衮战败被掳，"宋江见了，忙叫解了绳索"，设酒宴款待并"亲送二人下坡回寨"。宋江对项充、李衮的一擒一纵，让人想起诸葛亮对孟获的"七擒七纵"。

在金圣叹看来，施耐庵是尝到了用典的甜头而欲罢不能，明用"八阵图"之后，又暗用"借东风""七擒七纵"。

事实上，把公孙胜的"借风斗法"看作是典出"借东风"，把宋江对项充、李衮的一擒一纵看作是典出"七擒七纵"，都不无牵强附会之嫌。从根本上说，二者之间，意涵相去甚远，彼此并非"典"与"用典"的关系。再者，用典之道，切忌堆砌。半回书之间，引用三国故事以至于一而再、再而三，也未必是一件值得称道的事情。

用典在诗词中常见，在小说中并不常见。大概因为小说是叙事艺术且具有大众性，叙事总以清晰晓畅为宗旨，而大众性又最忌艰涩。所以，小说中的典故，须以家喻户晓为前提，否则，就可能成为阅读障碍。

近日有些脚气的症候

（第六十回　吴用智赚玉麒麟　张顺夜闹金沙渡）

吴用扮作算命先生，替卢俊义看了生辰八字，算定他百日之内，有血光之灾。卢俊义思忖再三，决定按算命先生的指引，去东南方向千里外避灾。

知道卢俊义要去东南方千里之外避灾，妻子贾氏、管家李固、心腹家人燕青纷纷劝阻。李固以算命先生说话不可轻信相劝；燕青以此去东南方必途经梁山，路上恐不太平相劝；妻子贾氏则以出门事事难相劝。这一轮对话是围绕着卢俊义"去"与"不去"展开的，李固、燕青、贾氏各自提出了"不去"的理由，但基本不出人之常情、事之常理。这种描写对于增强故事的现实性、真实感是有益的，但还不足以承担塑造人物形象的任务。

卢俊义执意要出门避灾。接下来的对话，则是围绕着谁和卢俊义同行展开。卢俊义安排李固同行，留燕青在家看守。但燕青却提出要与主人同行，理由是自己"学得些个棒法在身"，"路上便有些个草寇出来，小人也敢发落得三五十个开去"。李固则要求在家看守，理由是"小人近日有些脚气的症候，十分走不得多路"。

首先是在谁与卢俊义同行的问题上，燕青、李固的要求与卢俊义的安排相悖，其次是二人提出的理由，不是方才劝阻卢俊义时的常情常理，而是具体的、个性化的。这就进入了人物性格刻画的层面。

燕青要求同行，理由是自己有一身武艺。这和他前番劝阻卢俊义的理由是相互关联的，表明燕青在思虑这件事情时，是把自己的命运和卢俊义的命运联系在一起的。李固要求在家看守，理由是自己犯了脚疾，不便行走。这和他前番劝阻卢俊义的理由没有关联性，表明在卢俊义"避灾"问题上，李固虽然以常理劝阻，但摆明了自己是置身事外的。

听了燕青的话，卢俊义解释了为什么要李固同行。这个解释，与其说是给燕青的解释，不如说是给了读者一个解释，给了作者一个理由，以便暂且将燕青放置在一旁，在接下来的情节中，先去完成李固这个人物的形象塑造。

听了李固的话，卢俊义大怒道："养兵千日，用在一朝。我要你跟去走一遭，你便有许多推故。"卢俊义听出了李固是借故推辞，却不知李固是舍不得离开贾氏。作者写道："李固吓得只看娘子，娘子便漾漾地走进去。"

金圣叹在第六十回回首总评中写道："夫李固之所以为

李固，燕青之所以为燕青，娘子之所以为娘子，悉在后篇，此殊未及也，乃读者之心头眼底，已毕有以猜测之三人之性情行径者，盖其叙事虽甚微，而其用笔乃甚著，叙事微，故其首尾未可得而指也；用笔著，故其好恶毕可得而辨也。"在这里，金圣叹是在赞赏作者"叙事甚微"而"用笔甚著"的叙事技巧。"叙事甚微"，是说不避小事甚至是有意识地从微不足道的小事上发力，眼下就不过是在谈论是否出门避灾以及哪个同行。"用笔甚著"，是说不作泛泛的形容、描写和议论，笔下人物的言行举止，无不关联着人物的身份、性格和命运，无不联系着人物特定的心理内涵。

如果我们丢开卢俊义出门避灾这件事，金圣叹的评语还说出了一个文学作品中形象塑造的特点。这就是，所有的文学形象都是在情节过程中逐步完成的，表现为：一方面人物的性格命运在此已露端倪，"故其好恶毕可得而辨也"；另一方面，人物形象的最后完成还"悉在后篇，此殊未及也"。这一点看上去很简单，但由此我们可以得出两个结论。其一，文学形象不是一个孤立、静止的瞬间，而是一个随着时间的顺序展开而不断发展和变化直至最后完成的过程。其二，在文学形象的塑造过程中，任何部分都不是封闭的自足体，在整体的有机联系中，每一个部分都说明着其他部分，同时也被其他部分所说明。在文学创作中，做到这两点，并不是一件十分简单的事情。

李固和贾氏也跪在侧边

（第六十一回　放冷箭燕青救主　劫法场石秀跳楼）

　　卢俊义不肯在梁山泊落草，独自返回北京；又不肯听从燕青的劝告，径自回到家中。不料，刚刚端起饭碗，"只听得前门后门喊声齐起，二三百个做公的抢将入来。卢俊义惊得呆了，就被做公的绑了，一步一棍，直打到留守司来"。

　　小说中这样描写公堂上的情形："其时梁中书正坐公厅，左右两行，排列狼虎一般公人七八十个，把卢俊义拿到当面。李固和贾氏也跪在侧边。"这里写了坐堂问案的梁中书，写了左右站班的衙役，写了被告卢俊义和原告李固、贾氏。除了"狼虎一般"四个字带有修饰、渲染的意味外，其他文字似乎也就是对出场人物举止形容的客观描写。

　　但其实不然。

　　针对这段描写，金圣叹有如下一段批注："俗本作贾氏和李固，古本作李固和贾氏。夫贾氏和李固者，犹似以尊及卑，是二人之罪不见也；李固和贾氏者，彼固俨然如夫妇焉，然则李固之叛与贾氏之淫，不言而自见。先贾氏，则李固之罪不见；先李固，则贾氏之罪见。此书法也。"

金圣叹认为，"李固和贾氏也跪在侧边"这句话，有深意存焉。李固和贾氏的次序不能颠倒。李固在前，贾氏在后，则"俨然如夫妇焉"，"则李固之叛与贾氏之淫，不言而自见"。相反，如果先说"贾氏"，后称"李固"，则是以主仆尊卑为序，将二人的关系定位为主仆，就掩盖了他们叛夫、背主的罪孽。这种微言大义的笔法，也就是人们常说的"春秋笔法"。

《春秋》是一部儒家经典，相传是孔子依据鲁国史官记载编订而成。《春秋》文字简约，但遣词用字常含褒贬寓意，传达出史官及编订者的立场和评价。《左传》《公羊传》《谷梁传》是后人对《春秋》的阐释，除去对史实的叙述更为详尽外，对这种字里行间的褒贬寓意，也给予了不同程度的阐发，素有"春秋一句，左传一篇"之说。

从《左传》中举一个大家熟知的例子。

《春秋·隐公元年》载："夏五月，郑伯克段于鄢。"《左传·隐公·隐公元年》在记述了事件始末后，左丘明进而写道："书曰：'郑伯克段于鄢。'段不弟，故不言弟；如二君，故曰克；称郑伯，讥失教也。"共叔段没有恪守对兄长的敬悌之道，所以不以"弟"相称；同样，不称"郑庄公"，而称"郑伯"（郑老大），是批评他对弟弟蓄意纵容在前，无情追杀在后。

《春秋》是我国第一部编年体史籍，所谓春秋笔法，一方面是限于当时书写方式的制约，难以铺陈叙述；另一方面，史官所录，多为君王、诸侯和宫室活动，既要"秉笔直书"，又须"为尊者讳"。春秋笔法的形成，其实有它特定的历史背景。

小说这种文体，其实应该追求语言的通俗化、大众化。春秋笔法偶尔一用，可以增加小说语言耐人回味的魅力，但若失去节制，小说就会失去自我。须知，小说读者不会逐字逐句地去寻找文字背后的"微言大义"。

他也在厅边欢喜

（第六十二回　宋江兵打大名城　关胜议取梁山泊）

　　《水浒传》第六十二回写宋江、吴用商议攻打大名府，解救卢俊义、石秀，黑旋风李逵在旁边听了，立刻兴奋起来："我这两把大斧多时不曾发市，听得打州劫县，他也在厅边欢喜。哥哥拨与我五百小喽罗，抢到大名，把那鸟城池砍做肉地，救出卢员外、石三郎，也使我哑道童吐口宿气！"

　　在作家笔下，李逵是个粗人，但非俗人，貌凶而心不恶，行为时常鲁莽而言语颇多妙趣。李逵上面的一番话，就引得评家纷纷喝彩。

　　明崇祯贯华堂刻本金圣叹夹批说："真正妙人，有此灵心妙舌。说得板斧便似两个快友，奇妙非他人可及。"

　　明清间芥子园刻本李卓吾眉批说："斧亦有耳有心，极快极灵之语。"

　　从修辞手法运用的角度看，"我这两把大斧多时不曾发市，听得打州劫县，他也在厅边欢喜"，是将两把板斧拟人化，将人的情感赋予物，更是借板斧的"欢喜"，刻画板斧主人的欢喜心情，是借"物"写"人"。欧阳修有"泪眼问花花不语"的词句，将拟人手法中人与物的关系展现得再清晰不过。"花"所以"不语"，是因为一双"泪眼"相问；反之，因为"花不语"的感染，我们才更深刻地理解了那双"泪眼"。

还可以从典故引用的角度看。"听得打州劫县"，李逵的两把大斧"也在厅边欢喜"。这种写法，让人想起文学史上具有广泛影响的"剑鸣""剑气"的意象。

东晋时期，隐士王嘉写了志怪小说《拾遗记》。其中《颛顼》一篇记述说：颛顼有"曳影之剑"，"若四方有兵，此剑则飞起指其方，则剋伐；未用之时，常於匣里，如龙虎之吟"。这大概是关于"剑鸣匣中"的最初的记载。"剑气冲斗"的故事，见于《晋书·张华传》："初，吴之未灭也，斗牛之间常有紫气……及吴平之后，紫气愈明。"张华相约豫章人雷焕登楼仰观，"华曰：'是何祥也？'焕曰：'宝剑之精，上彻于天耳。'……因问曰：'在何郡？'焕曰：'在豫章丰城。'"后来，张华委雷焕为丰城令。"焕到县，掘狱屋基，入地四丈余，得一石函，光气非常，中有双剑，并刻题，一曰龙泉，一曰太阿。其夕，斗牛间气不复见焉。"

两个故事没有情节和细节的关联性，但无论是"剑鸣匣中"，还是"剑气冲斗"，那种壮怀激烈、不甘寂寞的情怀却是一致的。唐朝诗人骆宾王在《和李明府》中说："讵怜冲斗气，犹向匣中鸣。"宋朝诗人陆游《三月十七日夜醉中作》写道："逆胡未灭心未平，孤剑床头铿有声。"还是陆游，《长歌行》云："国仇未报壮士老，匣中宝剑夜有声。"时代不同，境遇有异，却是同一种情怀跨越时空的呼应。

将李逵那两把大斧的"欢喜"，放在这样一个深远背景下去看，也许真有一种超越了单纯修辞功能的文化意味。

也免了你一刀

（第六十四回　托塔天王梦中显圣　浪里白条水上报冤）

　　正在攻打大名府的紧要时刻，宋江忽发背疾，性命堪忧。吴用一面安排火速退兵，拔寨回山，一面派出浪里白条张顺，去建康府寻访江南名医安道全。

　　接下来的故事自然不可过于平淡。假如张顺此去一路顺风，神医安道全"得来全不费功夫"，则不仅降低了神医安道全的重要性，火速退兵的情节安排也没了根。甚至，连宋江的忽发背疾，也要变得毫无意义。

　　但接下来的故事也不能过于复杂。假如张顺费尽周折，安道全"踏破铁鞋无觅处"，则不仅攻打大名府的情节主线容不得旁枝横出，宋江的病情也等不得许多时日。

　　在接下来的故事中，作者紧紧扣住"因果报应"四个字结构情节，让故事在单一的线性链条上起伏跌宕。危机接踵而至，而化解危机的机会，就埋藏在接踵而至的危机中。于是，因为悬念丛生、情节跌宕，故事不再平淡；但同时，情节始终在一条线索上推进，又成功地避免了节外生枝。可以说，张顺寻访安道全的故事是一个充满悬念的危机结构，而对这个"危机结构"的叙述过程，同时就是对它的"解构"过程。

了解故事"结构"和"解构"过程的最佳方式是阅读原著，我们能做的，也许只是指出一些关节，提醒读者留意。

张顺上路后，作者没有立即给他制造麻烦，只是泛泛地说："时值冬尽，无雨即雪，路上好生艰难。"麻烦出在张顺到了扬子江边，上了渡船之后。显然，对浪里白条张顺来说，应付水上、船上的麻烦，更本色，更能举重若轻。当然，也最能避免情节上的节外生枝。

张顺遇到的第一个"麻烦"，正是当年他在浔阳江上干过的同一勾当：船到江心劫财。张顺的哥哥张横，也曾在浔阳江上，提着板刀问过宋江是吃"馄饨"，还是吃"板刀面"。"馄饨"是把活人丢进江里，"板刀面"是把人砍了再丢进江里。

船到江心，张顺遇到了截江鬼张旺劫财害命的危机。不过，化解危机的机会，也埋藏在这个危机之中。张顺选了吃"馄饨"，故作惊恐地说："你只教我囫囵死，冤魂便不来缠你！"截江鬼把浪里白条丢进了扬子江，张顺的危机由此化解。

见到安道全，张顺遇到了第二个难题。安道全正与烟花女子李巧奴打得火热，不愿随张顺去梁山泊，而化解这个难题的办法，不在别处，也正在李巧奴身上。当晚，安道全醉卧巧奴房中，偏偏截江鬼张旺也来寻花宿柳，爱财的李巧奴撇下安道全去陪张旺。三更时分，张顺闯进房去，迎面砍杀了李巧奴，虽然张旺跳窗逃脱，张顺却在墙壁上写道："杀人者，我安道全也！"于是，安道全再无退路，"连夜径上梁山泊"。

归途中再过扬子江，再遇截江鬼张旺。船到江心，张顺先将板刀拿在手中，喝道："强贼！认得前日雪天趁船的客人么？"张顺报仇，按前日情形如法炮制，把截江鬼张旺"手脚四马攒蹄捆缚做一块"，"看着那扬子大江，直撺下去，喝一声道：'也免了你一刀！'"。

在张顺寻访安道全的故事里，"因果报应"的观念意味颇为浓厚。这里面，不排除作者有宣扬"因果报应"的意图，但从满足故事结构需要的角度看，在有限的时间和空间中，既要实现情节的跌宕起伏，同时又要避免人物和线索的枝节横生，选取一种人们熟悉的、认可度较高的观念逻辑如"因果报应"，来组织和结构故事情节，支撑情节逻辑，也不失为一种简洁、明朗的办法。

便请军师发落

（第六十五回　时迁火烧翠云楼　吴用智取大名府）

　　《水浒传》第六十五回"时迁火烧翠云楼　吴用智取大名府"，写梁山好汉攻打大名府，搭救卢俊义、石秀的故事。

　　攻打大名府，虽是智取，但也少不得厮杀。头绪繁多，场面宏大，如何叙述得生动、有趣、条理清晰且详略得当，殊为不易。施耐庵该怎样确定自己的叙事策略呢？

　　从小说中看，"智取大名府"这一仗如何打，作者先后讲述了三次。

　　第一次讲述是军师吴用向主帅宋江报告战役设想："即今冬尽春初，早晚元宵节近。大名年例，大张灯火。我欲乘此机会，先令城中埋伏，外面驱兵大进，里应外合，可以破之。"宋江听了称赞说："此计大妙！便请军师发落。"

　　从故事情节的角度看，主帅宋江由此了解并认可了军师吴用的战役设想，攻取大名府的事情，可以交给军师去"发落"了。从阅读的角度看，读者对将要发生的故事，对如何攻取大名府，先有了一个"里应外合"的概括了解。

第二次讲述即所谓"军师发落"。按照里应外合智取大名府的战役设想，吴用分两次调兵遣将，一次是派出内应，一次是安排外合。哪个潜入大名府，元宵夜在城中放火；哪个扮成猎户，去大名府官员家中献纳野味；哪个扮成粜米的；哪个扮成客人，扮成行脚僧、云游道人、公人、军官、卖灯的以及看灯的村夫村妇，八队马步军兵，谁为前部，谁做后应，一一吩咐清楚。

从故事情节的角度看，参战将领由此清楚了自己的攻击位置和任务。从阅读的角度看，读者对攻打大名府的"智取"特点以及重要关节，都已了然于心。

"军师发落"还有一个值得提及的亮点，就是如何详略有致、张弛有度地处理好叙事节奏。

同是安排内应，作者没有一口气说完，而是分作两段来写。第一天，吴用只安排了一件事："为头最要紧的，是城中放火为号。你众弟兄中，谁敢与我先去城中放火？"鼓上蚤时迁毛遂自荐，抢下了"放火"的任务。并且，自己把"城中放火"细化为在翠云楼放火，因为那里是大名府最热闹的地方。"城中放火"虽是"最要紧"的一件事，吴用的"发落"却极为简要，既没有指定由哪个承担，也没有交代任务的细节。如此"发落"，当得一个"略"字。

第二天，吴用继续安排内应。这一次，吴用点名指派了二十六位头领潜入大名府，分别交代了十一项内应任务。"发落"之详、之细，如临其境。

安排好里应之后，作者没有顺势去写吴用如何调度外合，而是笔锋一转，放下没有完成的"军师发落"，转而去写大名府城里的梁中书，写他如何调拨人手，安排大张灯火，同庆元宵。一段细腻缜密的"军师发落"，因为篇中有了这笔锋一转，才显得有张、有弛。

作文叙事要详略有致，要张弛有度，但前提却是要合情合理。比如"军师发落"中的"详"与"略"。吴用头一天安排内应，只派出时迁一人，交代的又是"最要紧"的"城中放火"，寻常想来，不是应该多叮嘱几句吗？其实不然。作者写时迁主动请缨，要去"城中放火"。既是毛遂自荐，必定胸有成竹，时迁心思机敏，已然把"城中放火"细化成"翠云楼放火"，军师又何须多言？第二天安排内应，吴用点出二十六位头领，分派十一项任务，寻常想来，似乎应该言简意赅，以免烦冗杂乱。其实又不然。倘若不是吴用一一叮嘱吩咐，而是像写时迁那样，一一去写二十六位头领的机敏心思，势必令人应接不暇。可见，"详""略"之间，乃是"详"中有"略"，"略"中有"详"。

再比如"军师发落"中的"张"与"弛"。集中笔墨，写军师安排调度内应，可谓"一张"；放下外合不写，转而去写大名府，写梁中书，可谓"一弛"。一张一弛，叙事节奏方能变化有致。但"张""弛"之间，仍然不离情理二字。从结构的必要性上看，这里笔锋一转，去写大名府、梁中书，恰恰呼应了吴用的战役设想，衬托出"智取大名府"的可能性；从情节的合理性上看，派出二十七位头领为里应，乃是伪装潜入，理当先行一步；安排八队马步军兵作外合，则是鸣鼓击之，不到最后时刻，不妨按兵不动。

回到关于三次讲述的话题。

在"战役设想"和"军师发落"两次讲述之后，第三次讲述才是"智取大名府"的现在进行时。元宵之夜，翠云楼火起，大名府城破。两军阵前，有些事正如吴用所料想的，有些事则未必尽如军师所"发落"的。战场瞬息万变，变化不足为怪。重要的是，战前军师——"发落"过的那些关节点，此时成了读者了解战事进展的标志，作者只需在这些关节点上着墨，读者就能获得一个"智取大名府"的全局图像。

把一个故事讲了三遍，不给人重复厌烦的感觉，这是施耐庵叙事策略的成功处。

梦中吓得魂不附体（一）

（第七十回　忠义堂石碣受天文　梁山泊英雄惊恶梦）

《水浒传》第七十回的故事高潮，无疑是"梁山泊英雄排座次"。但我们现在要说的，却是这段热烈场面之后的冷寂。

经历了各自不同的命运之后，梁山英雄终于殊途同归，归于梁山泊"替天行道"的杏黄旗下。一百单八将座次排定，"众人歃血饮酒，大醉而散"。"是夜，卢俊义归卧帐中，便得一梦。梦见一人，其身甚长，手挽宝弓，自称：'我是嵇康，要与大宋皇帝收捕贼人，故单身到此。汝等及早各各自缚，免得费我手脚。'"卢俊义大怒，无奈拔刀刀断，挺枪枪折，方才交手，就被嵇康打得臂膊折断，扑倒在地。神勇震慑之下，宋江带领梁山众头领自缚请罪，乞求朝廷招安。嵇康断然不允，唤出二百一十六个刽子手，将梁山一百单八将悉数押下，"一齐处斩"。"卢俊义梦中吓得魂不附体，微微闪开眼，看堂上时，却有一个牌额，大书'天下太平'四个青字。"

《水浒传》有不同的版本，版本不同，故事情节也有差异。在一百回本《忠义水浒传》、一百二十回本《忠义水浒全传》中，"排座次"之后，并没有卢俊义的"噩梦"。而在金圣叹评点的七十回本《第五才子书施耐庵水浒传》中，不仅"排座次"的喜庆热闹归结于卢俊义的"噩梦"，并且，《水浒传》全书故事也于此戛然而止。对这种版本差异，金圣叹说是"俗本妄肆改窜"的结果，但有后世学者认为，妄肆改窜、杜撰乃至腰斩《水浒传》的，恰恰是金圣叹。

　　其实，《水浒传》不是由一个作家独立创作的。水浒故事最初是以讲唱艺术的形式在民间流传，并在流传过程中，被众多无名作者不断地改写和充实。所以，不同版本之间的情节差异，算不得"妄肆改窜"。当然，也有证据表明，卢俊义的"噩梦"，并非出自金圣叹的杜撰。

　　其一，明嘉靖、万历年间，学者王圻在《稗史汇编》一书中曾记述说："……《水浒传》，从空中放出许多罡煞，又从梦里收拾一场怪诞……"这段记载似乎提示我们，早在金圣叹之前，就曾流传着一部始于"洪太尉误走妖魔"，又以一个"梦"结束全部故事的《水浒传》。

　　其二，二十世纪三十年代，江阴澄江梅氏祖传的一百二十回《水浒传》手抄本面世。这部手抄本前七十回情节和金圣叹评点的七十回本基本相同，后五十回故事则与传世的各种版本迥然不同。有学者认为，江阴梅氏家藏的《水浒传》抄本，或许就是金圣叹所说的"古本"。

一九三三年，上海中西书局刊印了抄本的后五十回，题《古本水浒》；一九八五年，河北人民出版社将《古本水浒》与金圣叹评点七十回本《水浒传》合刊发行，题《古本水浒传》。在这个"古本"中，不仅第七十回有卢俊义的"噩梦"，在第八十七回，还有宋江、李逵相似的"噩梦"与之呼应。

这样看来，真正值得我们关心的，不是卢俊义的"噩梦"是否该有，而是作家为什么要写这样一个"噩梦"。无论它是出于施耐庵的原创，还是出于金圣叹或者什么人的杜撰。

先说一个考据派的理由。

《水浒传》虽系小说，但在历史上却有迹可循。《宋史》载："时宋江起为盗，以三十六人横行河朔，转掠十郡，官兵莫敢撄其锋。"海州知事张叔夜得知宋江将至海州，又探得"贼径趋海滨，劫巨舟十余"，"于是募死士，得千人，设伏近城，而出轻兵距海诱之战。先匿壮卒于海旁，伺兵合，举火焚其舟。贼闻之，皆无斗志，伏兵乘之，擒其副贼，江乃降"。

在卢俊义的梦中，捕杀梁山英雄的，是一个"其身甚长，手挽宝弓"、自称嵇康的人。《宋史》有《张叔夜传》载张叔夜字嵇仲。有学者认为，小说描写的"宝弓""长人"，是由"张"字拆解得来。所以，描写卢俊义的"噩梦"，是将现实化为梦境，意在以艺术的描写呼应史实。

九文龍

史 其 華 色
俊 蒙

積粟千斛皆曠鹽粮積錢萬貫照私囊

梦中吓得魂不附体（二）

（第七十回　忠义堂石碣受天文　梁山泊英雄惊恶梦）

　　前面说过，从考据的角度来看，对卢俊义"噩梦"的描写，是将现实化为梦境，意在以艺术描写呼应史实。

　　但是，文学毕竟不是历史。所以，考据、索隐的方法，终究难以全面而深刻地说明文学问题。

　　对卢俊义的"噩梦"，还要从作品自身去理解。

　　文学作品中的梦境描写丰富多彩，但成功的梦境描写大都不是孤立的，不是为了做梦而做梦。梦境描写，或是为了人物塑造的需要，或是为了情节结构需要，或是为了深化主题的需要，甚至是集多种需要于一身。

　　比如小说《红楼梦》中有"贾宝玉神游太虚境"。借着贾宝玉梦游太虚幻境，翻阅金陵十二钗图册，听警幻仙子演唱套曲《红楼梦》，作者将小说中主要人物的性格、命运作了生动真切的刻画和意味深长的暗示。在《红楼梦》中，贾宝玉的这个梦，对于塑造人物和深化主题的作用是不言而喻的。

再比如古典戏剧《长生殿》中有《雨梦》一折。痛失贵妃的唐明皇梦中追寻贵妃杨玉环，从宫苑到马嵬驿，再从马嵬驿到曲江池，不仅写出唐明皇对贵妃的魂牵梦绕，更引出后续"觅魂""重圆"等情节。唐明皇的这个梦，对于人物心理刻画和剧情结构的作用是显而易见的。

《水浒传》中卢俊义的"噩梦"，同样有着人物塑造和情节结构的重要作用。可以从两个方面来解这个梦。

其一，为什么是卢俊义做了这个梦？

梁山泊一百单八将，上梁山的原因各有不同，有官府逼上梁山者，有阵前擒上梁山者，也有人是被梁山请来或诱骗来的，卢俊义就是被吴用设计，环环相套，诱上梁山的。对卢俊义来说，"上山落草"不是人生厄运的终结，相反，倒是梁山搅乱了他原本还算平静的生活。这种特殊的上山"路径"，是卢俊义性格、命运和情感世界中的重要内容。

卢俊义上了梁山。但显然，他还缺少坦然面对结局的准备。对未来和结局的焦虑、恐惧，其实是卢俊义一块沉重的心病。所以，在"英雄排座次"的庆典之后，在酒令喧腾的盛宴之后，当一切归于寂静时，内心深处的焦虑和恐惧便如潮水般涌来。那个"噩梦"，不过是为我们透露了人物内心的焦虑和恐惧。

其二，为什么在这一时刻出现这个梦？

《水浒传》有不同的版本，但无论何种版本，"梁山泊英雄排座次"都可以看作是故事情节和结构方式的分水岭。此前的故事,是梁山英雄的个人遭遇和命运,在结构上,表现为多个独立的英雄传奇并行推进。而在"排座次"之后,梁山一百单八将汇聚成一个群体,在结构上,也表现为沿着时间线索顺序展开情节。可以说,"排座次"是个人英雄传奇的终结篇。

《水浒传》的作者(无论是施耐庵,或是金圣叹)无疑是一个贪官污吏的批判者,但他无法成为封建社会制度和封建正统观念的批判者。对英雄个人遭遇的屈辱和不公,他可以满怀同情;对每个英雄的传奇式反抗,他可以击节称赞。但是,他无法进而成为农民义军的同情者和农民战争的歌颂者。所以,随着个人英雄传奇故事的结束,当反抗从个人行为渐渐演化为群体行为时,作者的情感立场、作者的倾向性也会随之变化。从这个角度来看,卢俊义的"噩梦",其实还是作者皇权思想和正统观念倾向的一种表达方式。

后　记

《水浒例话》的写作大约经历了三个阶段。

大学毕业后，我被分配到一个行政机关工作，单位图书室有一部中华书局影印本《第五才子书施耐庵水浒传》，是二十世纪七十年代为配合"评水浒"而印制、发行的。八十年代初，已经没人关心这部书了，我得以长期借阅，一如己有。

重读《水浒传》，一边读，一边学着金圣叹的评点方法，写了一些点评笔记。笔记写在纸上，夹在相应的书页中。读和写都没有明确目的，部分是"案牍劳形"需要排遣，部分是对大学文学专业的怀念。这算是第一阶段。

两年后，我调到《文论报》编辑部工作，陆续将夹在《水浒传》中的那些字条加以整理，以小说原文词句为题，或谈细节描写，或谈语言运用，或谈性格塑造，或谈结构艺术，以闲话随笔方式，讨论文学写作和鉴赏问题。

并在《石家庄日报·副刊》开设"水浒例话"专栏，前后陆续整理刊发了三十几篇。这算是第二阶段。

此后便放下不提，一放就是二十年。

二十回青草枯荣。再翻出当年的剪报时，泛黄的纸色和久违的铅字排版印刷，似乎都在提示着"逝者如斯夫，不舍昼夜"。感慨之余，又萌生续写的冲动，便有了《水浒例话》写作的第三阶段。这一次的读和写，又像是最初那样，没有明确具体的目的，部分是公务冗琐的排遣和逃避，部分是文学评论专业的积习和惯性。

《水浒例话》是以《水浒传》为"例"的读书随笔，不是关于《水浒传》的系统性学术研究。或者可以说，是着眼于文学鉴赏和文学写作的一孔之见，这也是把《呼唤"在场"的文学批评》一文拿来作为"代序"的原因。

蒙花山文艺出版社不弃，《水浒例话》得以出版。付梓之际，责任编辑李倩迪依据齐鲁书社一九九一年版《金圣叹批评水浒传》，对原著引文作了统一校订。在这里，谨向花山文艺出版社，向张采鑫先生、郝建国先生、王玉晓女士、李伟先生、王爱芹女士、李倩迪女士表达由衷谢意！

二〇二〇年七月于石家庄